AF397019

V'LA C' QUE C'EST
QUE D'ÊT' PAPA

Couplets chantés un jour de noce.

———◦◦◦———

Air : *V'là c' que c'est qu' d'aller au bois.*

Mon Dieu ! mon Dieu ! quel embarras
Qu' d'avoir un' fille sur les bras !
On se dit, dès son plus bas âge :
   « Sera-t-elle sage ?
   Heureuse en ménage ? »
Pendant quinze ans on n' pens' qu'à ça...
   V'là c' que c'est que d'êt' papa.

A quatre ans, quel maudit sabbat !
Ça crie, ou ça mord, ou ça bat ;
Pour rendre l'espiègle muette
   On lèv' la jaquette,

On soufflette, on fouette ;
Puis un baiser vient gâter ça...
　V'là c'' que c'est que d'êt' papa.

A huit ans, ça veut babiller,
Ça veut trancher, ça veut briller :
Soir et matin, la p'tit' coquette
　　N' rêve que toilette ;
　　Il faut qu'on achète
Colliers par ci, brac'lets par là...
　V'là c' que c'est que d'êt' papa.

C'est à douze ans qu' faut voir venir
Des maîtres à n'en plus finir !
Danse, dessin, musique, histoire,
　　Enflent la mémoire...
　　C'est la mer à boire !
Au bout du mois faut payer ça...
　V'là c' que c'est que d'êt' papa.

Mais p'tit à p'tit v'là qu' ça grandit,
Qu' ça s'embellit, qu' ça s'arrondit...
D' not' fille on vante la figure,
　　L'esprit, la parure,
　　Le ton, la tournure,
Et nous mordons à c't ham'çon–là...
　V'là c' que c'est que d'êt' papa.

Un beau garçon s' présente enfin,
Doux, honnête, et l' cœur sur la main ;
D' plaisir, d'amour, son cœur pétille...
     Il plaît à la fille,
     A tout' la famille ;
L' père enchanté dit : Touchez-là...
     V'là c' que c'est que d'êt' papa.

Les bans sont bientôt publiés,
Et les jeunes gens mariés :
Au Cadran-Bleu l' festin s'ordonne ;
     L' mari qui le donne
     D' plaisir déraisonne
En pensant qu'un jour il dira :
     V'là c' que c'est que d'êt' papa.

A la fin du joyeux repas,
Au couple heureux on tend les bras ;
L'un, quittant sa placé et son verre,
     Saute au cou d' la mère,
     L'autre au cou du père,
Qui pleure, et dit en voyant ça :
     V'là c' que c'est que d'êt' papa.

DÉSAUGIERS.

LE VIN
ET LA VÉRITÉ.

CHANSON

Air : *De la Pipe de Tabac.*

In vino veritas, mes frères,
Nous dit un proverbe divin.
Dieu, pour nous faire aimer nos verres,
Mit la vérité dans le vin.
J'obéis à sa loi suprême :
Comme buveur je suis cité :
On croit que c'est le vin que j'aime,
Mes amis, *c'est la vérité.*

On croit que la philosophie
N'a jamais troublé mes loisirs,
Et qu'à bien jouir de la vie
J'ai toujours borné mes désirs ;
On dit, quand je cours sous la treille,
C'est le plaisir, c'est la gaîté
Qu'il va chercher dans la bouteille,
Mes amis, *c'est la vérité.*

On croit aussi que la tendresse
Fait quelquefois battre mon cœur ;
On croit qu'une jeune maîtresse
Est nécessaire à mon bonheur ;
Quand je trinque avec une belle
Chacun dit : C'est la Volupté,
C'est l'Amour qu'il cherche auprès d'elle...
Eh ! messieurs, *c'est la vérité.*

M. Armand GOUFFÉ.

C'EST LE BON VIN

CHANSON BACHIQUE.

De tous les biens qu'ici-bas l'on nous vante,
Savez-vous bien celui qui nous enchante?
C'est le bon vin.
C'est cette liqueur charmante,
C'est le bon vin qui nous enchante.
C'est, c'est, c'est le bon vin,
C'est le bon vin qui nous met tous en train.

Quand deux amis se sont mis en ribotte,
Savez-vous bien ce qui les ravigotte?
C'est le bon vin.
C'est de ce jus de la treille,
C'est le bon vin qui les réveille.
C'est, c'est, c'est le bon vin,
C'est le bon vin qui nous met tous en train.

Quand deux amis se sont pris de querelle,
Savez-vous bien ce qui vous les rappelle?
C'est le bon vin.
C'est cette liqueur si chérie,
C'est le vin qui les rapatrie.
C'est, c'est, c'est le bon vin,
C'est le bon vin qui nous met tous en train.

Si votre Iris est un peu trop volage,
Savez-vous bien ce qui vous en dégage?
C'est le bon vin.
C'est cet excellent breuvage,
C'est le bon vin qui nous en dégage.
C'est, c'est, c'est le bon vin,
C'est le bon vin qui nous met tous en train.

LA NUIT

QUAND J'PENSE A JEANNETTE.

CHANSONNETTE.

Air : *Dans la Paix et l'Innocence.*

La nuit, quand j' pense à Jeannette,
On dirait qu' j'ons des cousins :
J' fons des sauts dans ma couchette
A réveiller les voisins ;
Comm' le battant d'une horloge
Mon cœur va toujours trottant ;
Comme un chevreau hors de sa loge
Mon pouls va toujours sautant.

J' sentons, quand j' voyons Jeannette,
Du plaisir et du chagrin ;
J' ne savons c' que je souhaite ;
Mais le désir va son train.
Dès que je l'aperçois, je grille ;
Ça me fait perdre la raison.
Les yeux tant doux d'une fille
Auraient-ils quelque poison ?...

Je nous j'tons dans la rivière,
Et j' n'y restons pas pour peu ;
J' buvons de la belle eau claire
Pour apaiser ce grand feu ;
Je mettons dans not' salade
Des herbes de tout' façons ;
J' n'en sommes pas moins malade ;
Ces r'mèd' là sont pourtant bons.

(Clef du Caveau 324).

FEU, FEU
MONSIEUR MATHIEU,

OU L'ORIGINAL SANS COPIE.

Air : *Bon, bon, mariez-vous.*

Feu, feu
Monsieur Mathieu
Etait un singulier homme ;
Feu, feu
Monsieur Mathieu
Etait comme
On en voit peu.

Quoique maître d'un grand bien,
Et de famille fort bonne,
Il faisait souvent l'aumône,
Et ne devait jamais rien.
Feu, feu, etc.

D'un habit de camelot
Il avait pris la coutume,
Prétendant que le costume
Ne prouve pas ce qu'on vaut.
Feu, feu, etc.

Au joug de l'hymen soumis,
On l'a vu, du fond de l'âme,
Toujours préférer sa femme
A celles de ses amis.
Feu, feu, etc.

Enchanté de voir grandir
Ses trois garçons et sa fille,
Il promenait sa famille
Sans bâiller et sans rougir.
    Feu, feu, etc.

Il bravait avec mépris
Nos usages et nos modes,
Et c'était aux plus commodes
Que mon sot donnait le prix.
    Feu, feu, etc.

On le vit, lorsque des ans
Le poids vint courber sa tête,
A la *titus* la mieux faite
Préférer ses cheveux blancs.
    Feu, feu, etc.

Il s'avisa de rimer
Des morceaux dignes d'envie,
Et notre auteur, de sa vie,
N'osa se faire imprimer.
    Feu, feu, etc.

A la faveur comme au rang,
Il croyait que le mérite
Devait conduire plus vite
Que l'apostille d'un grand.
    Feu, feu, etc.

Un jour on lui proposa
Un emploi considérable,
Et, s'en jugeant incapable,
Sans regret il refusa.
    Feu, feu, etc.

Jamais ce fou, s'il en fut,
Ne voulut faire antichambre,
Pour obtenir d'être membre
Du beau corps de l'Institut.

Feu, feu
Monsieur Mathieu
Etait un singulier homme ;
Feu, feu
Monsieur Mathieu
Etait comme
On en voit peu.

Aux honneurs il fut admis
Par je ne sais quel miracle,
Et jamais sur le pinacle
Il n'oublia ses amis.
Feu, feu, etc.

Eh bien ! on le chérissait,
Et, malgré ses faux systèmes,
Il fut pleuré par ceux mêmes
Que sa mort enrichissait.

Feu, feu
Monsieur Mathieu
Etait un singulier homme ;
Feu, feu
Monsieur Mathieu
Etait comme
On en voit peu.

DÉSAUGIERS.

IL FAUT
DES ÉPOUX ASSORTIS

ROMANCE

Du Prisonnier ou *la Ressemblance.*

Paroles de **C. DUVAL** Musique de **C. DELAMARIA.**

Il faut des époux assortis
Dans les liens du mariage.
Vieilles femmes, jeunes maris,
Feront toujours mauvais ménage :
On ne voit point le papillon
Sur la fleur qui se décolore ;
Rose qui meurt, cède au bouton
Les baisers de l'amant de Flore.   (*bis.*)

Ce lien peut être plus doux
Pour un vieillard qu'amour enflamme :
On voit souvent un vieil époux
Etre aimé d'une jeune femme.
L'homme, à sa dernière saison,
Par mille dons peut plaire encore :
Ne savons-nous pas que Titon
Rajeunit auprès de l'Aurore.   (*bis.*)

Aux époux unis par le cœur,
Le temps fait blessure légère ;
On a toujours de la fraîcheur
Quand on a le secret de plaire.
Rose qui séduit le matin,
Le soir peut être belle encore ;
L'astre du jour à son déclin
A souvent l'éclat de l'aurore.   (*bis.*)

UNE FIÈVRE BRULANTE

ROMANCE DE *Richard Cœur-de-Lion.*
Musique de GRÉTRY.

Une fièvre brûlante,
Un jour me terrassait,
Et de mon corps chassait
Mon âme languissante :
Ma Dame approche de mon lit,
Et loin de moi la mort s'enfuit.
Un regard de ma belle
Fait, dans mon tendre cœur,
A la peine cruelle
Succéder le bonheur.

BLONDEL.

Au milieu du carnage,
D'ennemis accablé,
J'allais être immolé
Par leur brutale rage...
J'invoque ma Dame et l'amour,
A travers tout je me fais jour !

RICHARD.

Un regard de ma belle, etc.

BLONDEL.

Dans une tour obscure
Un Roi puissant languit ;
Son serviteur gèmit
De sa triste aventure...

RICHARD.

Si Marguerite était ici,
Je m'écrierais : Plus de souci !

DUO.

Un regard de ma belle
Fait, dans mon tendre cœur,   } bis.
A la peine cruelle   } bis.
Succéder le bonheur,   }

LE CONSCRIT
DE CORBEIL

CHANSON.

C'était un conscrit d'Corbeil,
Il n'y avait pas son pareil ;
Avant d'être au régiment,
Au régiment, ent, ent, au régiment,
Avant d'être au régiment,
Il avait z'un attach'ment.

S'en va dire à sa maman,
Je pars insensiblement.
Dit's à ma tant' que son n'veu,
Que son neveu, eu, eu, que son neveu,
Dit's à ma tant' que son n'veu,
A è u l' liméro deux.

Si Charlott' vient me d'mander,
Dit's-ly que j' suis occupé,
Qu'ell' me gard' son cœur, sa foi,
Son cœur, sa foi, oi, oi, son cœur, sa foi,
Qu'ell' me gard' son cœur, sa foi,
Si ça se peut quelquefois.

Dites bien aux compagnons,
Que le fileur de coton
Qu'a filé bonnets et bas,
Bonnets et bas, à, à, bonnets et bas,
Qu'a filé bonnets et bas,
D'vant l'ennemi n' fil'ra pas.

ROUEN.
LÉONARD FRANÇOIS, LIBRAIRE-ÉDITEUR,
Rue Impériale, 37.

Rouen. — Imp. H. BOISSEL, successeur de A. PÉRON.

LE CHIEN
DU
MARCHAND D'ÉPONGES

CHANSONNETTE.

AIR : *J'veux être un chien, etc.*

Rue aux Fers, j'rencontris Chignon,
C'te bell' de la halle en renom ;
Mais moi, qui n'dis rien sans qu'j'y songe,
Tout en ruminant, j'ruminais,
Pour l'y dire c'que j'l'y dirais…

(PARLÉ.) Mam'zelle, que j'l'y dis comme ça : J'suis ben aise de vous rencontrer, pour vous dire que j'avions pour vous, depuis quéq'temps, une crise d'amour dans le cœur, qui n'se passe pas ; si vous voulez, tenez, ça sera fini…

Ne r'fusez pas ça ;
Dam, c'est que j'suis bon là…
Comme l'chien du marchand d'éponges.

All' me répond avec douceur :
— Monsieur, vous m'fait's beaucoup d'honneur ;
Si vous n'me dit's pas de mensonges.
Tout amant qui m'ment un seul brin,
J'lui dis : monsieur, vous r'pass'rez d'main…

(PARLÉ) Demain ?.. moi, qui n'aime pas qu'on me d)nne du balai… je lui dis : Mam'zelle, si vous n'me croyez pas, vous pouvez me mettre à l'épreuve…

> D'mon amour, en c'cas,
> Vous serez au pas,
> Comme l'chien du marchand d'éponges.

J'vous aim', foi d'Mignon, qu'est mon nom;
Preuv,' de ça j'régal' d'un poisson.
— Mon Dieu ! dit-ell', comm' tu l'allonges !
— Vous m'connaîtrez, j'lui dis tout net :
Entrons t'ici, cheu Poissonnet.

(Parlé.) Garçon ! .. un poisson en deux verres sur le comptoir, de cognac... et d'la bonne... dam !

> C'est que j'suis comm' ça,
> Et toujours bon la...
> Comme l'chien du marchand d'éponges.

Un faquin, buvant z'un poisson,
N'veut-y pas caresser Chignon ?
—Cadet, j'y dis, est-c' que t'y songes ?
Puis, j'dis à Chignon, tout comme'ça :
Est-c' que tu connais c'mossieu-là ?

(Parlé.) Non, qu'all' dit. — Eh bien, attends, que j'aille chez l'apothicaire chercher une dose d'unifa pour faire prendre à c'mossieu ; ça pourra lui calmer les sens.

> Vous voyez, mon cœur,
> Qu'il est plein... d'ardeur...
> Comme l'chien du marchand d'éponges.

En sortant, y m'lâchait des mots;
J'dis n'cri' pas, j'vas t'chercher des os;
Nous voirons voir comm' tu les ronges.
V'là qui me r'pousse avec un air...
Pan ! j'vous lui flanque un pet-en-l'air.

(Parlé.) Patatras !... Cadet..., ramasse ta viande; et
pis, j'dis à Chignon : Eteins donc la chandelle, v'là mossieu qui se couche !

> Y s'rafraîchit d'eau,
> Buvant dans le ruisseau...
> Comme l'chien du marchand d'éponges.

> J'm'esquive à travers l'embarras,
> Chignon, m'rejoignant, m'dit tout bas :
> Sur un homm', comm' diabl' tu t'allonges!
> Pour me r'mett' les sens un p'tit brin,
> J'entrons cheu l'premier marchand de vin...

(Parlé.) Mossieu Mélange, fais-nous servir un litre
et deux verres, chez la salle, de douze sous !

> Buvons, m'dit Chignon :
> T'es bon là, Mignon,
> Comme l'chien du marchand d'éponges.

> Comm' c'était l'jour du mardi-gras;
> Chez Desnoyers, j'guidons nos pas;
> Tout c'que j'dis, c'est pas des mensonges.
> Dans l'grand salon nous arrivons,
> Près d' la danse j'nous attablons.

(Parlé.) Garçon !... un p'tit broc et deux verres...!
de quatr' litres à six!.. C'n'est que pour y goûter. Après
j'voirons. V'là qu'y m'apporte un broc rempli d'mousse,
— Garçon, j'dis, j'n'aime pas l'savon!

> Remplis-moi vit' çà;
> Apprends que j'suis là
> Comme l'chien du marchand d'éponges.

> Mais j'dis : c'n'est pas tout de pomper;
> Avant d'danser, il faut souper;

A nous fair' des bosses, je songe.
Chignon, qui s'sentait l'ventre creux,
Dit : Va, tu f'ras tout pour le mieux.

(Parlé.) J'descends à la cuisine ; j'm'arrange d'un beau
poulet gras, avec l'rôtisseur,qui sortait de la broche, de
quarante-cinq sous ; d'un plat d'blanquette, avec la maîtresse, garni d'sauce et de p'tits oignons,d'vingt-cinq sous,
et une bonne salade que j'ai fait faire par la d'moiselle,
de chicorée sauvage, de vingt sous, bien huilée.

Pour chiquer tout ça,
J'dis que nous étions là
Comme l'chien du marchand d'éponges.

Lasse d'bouffer, d'boire et d'sauter,
Chignon m'dit qu'ell' voulait chanter ;
Pourquoi tant, j' lui dis,qu'tu prolonges ?
V'la qu'all' nous entonne sur l'ton
La romance du pied d'mouton,

(Parlé.) Guillaume l'enroué qu'était là, faisait chorus,
ça fesait une harmonie du diable qui touchait l'cœur...
C'était pis qu'une tragédie ; ça fesait pleurer !

C'est qui chantaient ça
En air d'Opéra...
Comme l'chien du marchand d'éponges.

Quand j'fûmes las d'nous divertir,
Chignon m'dit : mon homm' faut partir ;
A coucher ici, c'que tu songes ?
Non, j'l'y réponds, car, avant l'jour,
Cheu toi, j'vas t'prouver mon amour...

(Parlé) Chut ! qu'à m'dit ; on n'parl' pas d'ça d'vant
l'monde... Moi, qu'allais à la bonne, j'dis : ça y est !...
All' m'répond : assez causé.

J'partis plein d'gaîté,
Que j'allais d'côté
Comme l'chien du marchand d'éponges.

Le long du chemin nous blaguons
Tous les masques que j'rencontrons ;
Mais ne v'là t'y pas, sans qu' j'y songe,
Qu'un maudit sagouin d'savetier
Vient d'malonger z'un coup d'tir'-pied !

(PARLE.) Attends, j'dis, toi, que j'te tanne le cuir...
Y s'sauve... Chignon qui v'nait de l'dévisager, m'dit :
Tu n'le connais pas ?... C'est Coco, le marchand d'ama-
dou, du pont Saint—Michel !

Tout l'monde l'connaît !
Il a l'musiau fait
Comme l'chien du marchand d'éponges.

Me v'là près d'la porte à Chignon ;
J'allais pour monter sans façon ;
All' me dit bonn'ment, c'que t'y songes ?
V'là t'y pas qu'all' mont' la couleur,
De m'dir' qu'all' reste avec sa sœur.

(PARLE.) Ta sœur ?... que j'dis. Depuis hier, que
'vas d'mon tout comme une marionnette, tu me dis ça.
Tu fais donc aller les hommes, toi ? mille z'yeux ! —
Voyant que j'en étais pour mon beurre, j'attrape Chignon par le toupet, j't'y fais prendre un potage à la boue,
et pis j'vanne !...

Tandis qu'all' criait,
J'allongeais l'jarret
Comme l'chien du marchand d'éponges.

Attribué à VADÉ.

AH !
LORSQUE LA MORT
TROP CRUELLE.

Romance (de Joseph, opéra).

Paroles de ALEXANDRE **DUVAL**, musique de **MÉHUL.**

Ah ! lorsque la mort trop cruelle
Enleva ce fils bien-aimé,
Jacob, dans sa douleur mortelle,
Vit son triste cœur consumé.
Afin de consoler mon père,
On m'offrit un jour à ses yeux,
Et Jacob, dans mes traits heureux,
Crut revoir les traits de mon frère.

Dans les beaux jours de mon enfance,
Ce bon père m'accompagnait,
Et de sa tendre bienveillance,
Comme Joseph je fus l'objet.
Si sa tendresse me fut chère,
A mon tour je suis son appui,
Et je puis lui rendre aujourd'hui
Le cœur et l'amour de mon frère.

J'ai su de ma famille entière
Ce que de Joseph on disait :
Il était pieux et sincère,
Aussi tout le monde l'aimait.
Moi, pour consoler mon vieux père,
Pour qu'il me chérisse encor plus,
Je veux acquérir les vertus
Qu'il regrette encor dans mon frère.

(Clef du Caveau 330).

FAUT L'OUBLIER

DISAIT COLETTE.

ROMANCE.

Paroles de **A. NAUDET**, musique de **ROMAGNESI**.

Faut l'oublier, disait Colette,
Le perfide a trahi sa foi ;
Il jurait de n'aimer que moi,
Et me préfère une coquette.
Adieu, vains et cruels serments
Qui m'assuraient de sa constance !
Adieu, d'amour, heureux moments !
Adieu, tant douce souvenance,
    Faut l'oublier. (*bis*)   } *bis.*

Faut l'oublier ; mais comment faire ?
Tout me parle ici de Colin :
C'est sous cet arbre qu'un matin
L'ingrat m'appela sa bergère ;
C'est ici qu'un jour l'inconstant
D'un ruban para ma houlette ;
C'est là que mon parjure amant...
Mais que fais-tu, pauvre Colette,
    Faut l'oublier. (*bis*)   } *bis.*

Faut l'oublier, disait encore
La bergerette en soupirant ;
Pour le redire plus souvent,
Colette devançait l'aurore.
Hélas ! à chaque instant du jour,
Le dit, mais tout bas, la pauvrette,
Et la nuit, à l'heure d'amour,
En s'endormant elle répète :
    Faut l'oublier. (*bis*)   } *bis.*

(Clef du Caveau 1744).

LE MONTAGNARD ÉMIGRÉ.

Combien j'ai douce souvenance
Du joli lieu de ma naissance ;
Ma sœur, qu'ils étaient beaux ces jours
    De France !
O mon pays ! sois mes amours,
    Toujours.

Te souvient-il que notre mère,
Au foyer de notre chaumière,
Nous pressait sur son cœur joyeux,
    Ma chère ?
Et nous baisions ses blancs cheveux
    Tous deux.

Ma sœur, te souvient-il encore
Du château que baignait la Dore,
Et de cette tant vieille tour
    Du More
Où l'airain sonnait le retour
    Du jour ?

Il te souvient du lac tranquille
Qu'effleurait l'hirondelle agile,
Du vent qui courbait le roseau
    Mobile,
Et du soleil couchant sur l'eau
    Si beau.

Te souvient-il de cette amie,
Tendre compagne de ma vie ?
Dans les bois en cueillant la fleur
    Jolie,
Hélène appuyait sur mon cœur
    Son cœur...

Oh ! qui me rendra mon Hélène,
Et ma montagne et mon vieux chêne !
Leur souvenir fait tous les jours
    Ma peine...
Mon pays sera mes amours,
    Toujours.   CHATEAUBRIAND.

DIS-MOI
N'AI-JE PAS BIEN FAIT.

ROMANCE (du *Traité nul*, opéra).

Paroles de **MARSOLLIER**, musique de **GAVEAUX**.

A Paris et loin de sa mère,
Je pouvais la voir chaque jour.
Là sous le voile de mystère;
Nos yeux seuls se parlaient d'amour.
Triomphant de sa répugnance,
J'obtins un rendez-vous secret.
Ah ! mon cher oncle, en conscience,
Dites-moi, n'ai-je pas bien fait.
    N'ai-je pas bien fait.

Ma Pauline me dit ! « je t'aime »,
Elle me le dit sans parler;
Timide aussi, je fis de même.
Elle sentit ma main trembler.
Sans alarmer son innocence,
Un baiser fut pris en secret;
Ah ! mon cher oncle, en conscience,
Dites-moi, n'ai-je pas bien fait.
    N'ai-je pas bien fait.

Un rival, dit-on, se présente,
La douleur me rend furieux,
Mais Pauline toujours charmante;
Promet de rejeter ses vœux.
Nous nous sommes jurés d'avance,
Que si l'imprudent l'épousait...
Ah! mon cher oncle, en conscience,
Dites-moi n'ai-je pas bien fait.
    N'ai-je pas bien fait. (*Clef du Caveau* 4).

AH ! DIS-MOI
SI L'ON PEUT AIMER DAVANTAGE.

Romance (du *Traité nul*, opéra).

Paroles de **MARSOLLIER**, musique de **GAVEAUX**.

Ou air : *Lorsque la mort trop cruelle.*

Souvent la nuit quand je sommeille
Je crois le voir à mes genoux,
Et le matin quand je m'éveille
Je regrette un songe si doux ;
Lorsqu'on parle du mariage,
Je fais des vœux pour être à lui...
Ah ! dis-moi toi-même, aujourd'hui,
Si l'on peut aimer davantage.

On me voyait près de ma mère
Rire toujours et folâtrer ;
Triste à présent et solitaire,
Je ne fais plus que soupirer :
Tout me déplaît dans ce village
Depuis que je suis loin de lui...
Ah ! dis-moi toi-même, aujourd'hui,
Si l'on peut aimer davantage.

Je dois pourtant à ta tendresse
Un aveu qui va me coûter...
Est-ce une erreur, une faiblesse,
A toi je veux m'en rapporter...
Quand je pense à mon mariage,
A ce moment rempli d'appas,
Mon cœur alors me dit tout bas
Que l'on peut aimer davantage.

(Clef du Caveau 546)*.

LOIN DE TOI
MA FÉLICIE.

ROMANCE.

AIR : *Que ne suis-je la fougère?*

Loin de toi, ma Félicie,
Je sens que je vais mourir;
L'amour soutenait ma vie,
L'amour va me la ravir;
Mais pour toi toujours le même,
Quand je subirai mon sort
Je prononcerai : Je t'aime !
Et je recevrai la mort.

J'ai cru qu'au pied de ce chêne
Je trouverais du repos :
Loin de soulager ma peine,
Je n'ai fait qu'aigrir mes maux.
Cette forêt me rappelle
Un bois cher à nos deux cœurs;
J'entends une tourterelle,
Et je sens couler mes pleurs.

Ce ruisseau dont l'onde pure
S'échappe tout près de moi,
Si j'écoute son murmure
Je crois qu'il parle de toi...
Partout je vois mon amie,
Sans songer, dans ma douleur,
Que ma chère Félicie
N'est ici que dans mon cœur.

A PEINE
AU SORTIR DE L'ENFANCE.

Romance chantée dans Joseph, opéra.

Paroles de Alexandre **DUVAL**, musique de **MÉHUL.**

A peine au sortir de l'enfance,
Quatorze ans au plus je comptais ;
Je suivis avec confiance
De méchants frères que j'aimais.
Dans Sichem aux gras pâturages,
Nous paissions de nombreux troupeaux ;
J'étais simple comme au jeune âge, } bis.
Timide comme mes agneaux.

Près de trois palmiers solitaires,
J'adressais mes vœux au Seigneur ;
Quand, saisi par ces méchants frères...
J'en frémis encor de frayeur.
Dans un humide et froid abîme,
Ils me plongent dans leurs fureurs,
Quand je n'opposais à leur crime } bis.
Que mon innocence et mes pleurs.

Hélas ! près de quitter la vie,
Au jour je fus enfin rendu ;
A des marchands de l'Arabie,
Comme un esclave ils m'ont vendu.
Tandis que du prix de leur frère
Ils comptaient l'or qu'ils partageaient
Hélas ! moi, je pleurais mon père } bis.
Et les ingrats qui me vendaient.

ROUEN.
LÉONARD FRANÇOIS, LIBRAIRE-ÉDITEUR,
Rue Impériale, 57.

Rouen. — Imp. H. BOISSEL, successeur de A. PERON.

NE LAISSE JAMAIS
DANS TA MAIN
TON VERRE NI VIDE, NI PLEIN.

CHANSON BACHIQUE.

Air connu.

Loin d'ici, sœurs du Permesse,
Chétives buveuses d'eau,
Cachez-vous avec prestesse
Dans votre fangeux ruisseau.
Bacchus m'anime et m'inspire,
Il échauffe tous mes sens,
C'est lui qui monta ma lyre,
Ecoutez ses fiers accents :

Remplis ton verre vide,
Vide ton verre plein,
Ne laisse jamais dans ta main
Ton verre ni plein, ni vide,
Ne laisse jamais dans ta main
Ton verre ni vide, ni plein.

Si le ciel, dans sa colère,
Te fit le funeste don
D'une femme atrabilaire
Troublant toute la maison,

Laisse-là cette mégère,
Ce lutin, ce vrai démon,
Et vite, d'un pas célère,
Vers le plus prochain bouchon,
  Remplis ton verre, etc.

Nargue de la gent savante,
Qui, du mouvement sans fin,
Depuis mille ans se tourmente
Sans aucun succès certain !
Moi tout seul, et pour moi-même,
Assis dans un cabaret,
J'ai trouvé ce grand problème ;
Voici quel est mon projet :
  Remplis ton verre, etc.

Si les voûtes azurées
S'écroulaient avec fracas,
Si leurs ruines embrasées
Vomissaient mille trépas,
La trogne toujours vermeille
Et le front toujours serein,
  Tenant en main ma bouteille,
Je dirais à mon voisin :
  Remplis ton verre vide,
  Vide ton verre plein,
Ne laisse jamais dans ta main
  Ton verre ni plein, ni vide,
Ne laisse jamais dans ta main
Ton verre ni vide, ni plein.

CHARMANTE GABRIELLE.

ROMANCE.

Charmante Gabrielle,
Percé de mille dards,
Quand la gloire m'appelle,
A la suite de Mars...

Cruelle départie !
  Malheureux jour !
Que ne suis-je sans vie
  Ou sans amour !

L'Amour, sans nulle peine,
M'a, par vos doux regards,
Comme un grand capitaine
Mis sous ses étendards.

Cruelle départie ! etc.

Si votre nom célèbre
Sur mes drapeaux brillait,
Jusqu'au delà de l'Ebre
L'Espagne me craindrait.

Cruelle départie ! etc.

Je n'ai pu dans la guerre
Qu'un royaume gagner,
Mais sur toute la terre
Vos yeux doivent régner.

Cruelle départie! etc.

Partagez ma couronne,
Le prix de ma valeur ;
Je la tiens de Bellone,
Tenez-la de mon cœur.

Cruelle départie! etc.

Bel astre que je quitte...
Ah ! cruel souvenir !
Ma douleur s'en irrite...
Vous revoir ou mourir !

Cruelle départie, etc.

Je veux que mes trompettes,
Mes fifres, les échos,
A tous moments répètent
Ces doux et tristes mots :

Cruelle départie !
    Malheureux jour !
C'est trop peu d'une vie
    Pour tant d'amour !

(Clef du Caveau 95).

VIENS AURORE.

INVOCATION A L'AMOUR.

Viens, aurore,
Je t'implore,
Je suis gai quand je te voi;
La bergère
Qui m'est chère
Est vermeille comme toi.

D'amboisie
Bien choisie
Hébé la nourrit à part;
Et sa bouche,
Quand j'y touche,
Me parfume de nectar.

Elle est blonde
Sans seconde;
Elle a la taille à la main;
Sa prunelle
Étincelle
Comme l'astre du matin.

Pour entendre
Sa voix tendre,
On déserte le hameau;
Et Tityre,
Qui soupire,
Fait taire son chalumeau.

Les trois grâces
Sur ses traces
Font naître un essaim d'amours;
La sagesse,
La justesse,
Accompagnent ses discours.

(Clef du Caveau 1051.)

O RICHARD! O MON ROI!

Musque de GRÉTRY.

O Richard ! ô mon Roi !
L'univers t'abandonne ;
Sur la terre il n'est donc que moi,
Qui s'intéresse à ta personne.
Moi seul dans l'univers,
Voudrais briser tes fers,
Et tout le reste t'abandonne.
O Richard ! ô mon Roi !
L'univers t'abandonne ;
Sur la terre il n'est donc que moi,
Qui s'intéresse à ta personne.
Et sa noble amie, hélas !
Son cœur doit être navré de douleur,
Oui, son cœur est navré, navré de douleur.
Monarques, cherchez, cherchez des amis,
Non sous les lauriers de la gloire ;
Mais sous les myrthes favoris,
Qu'offrent les filles de mémoire.
Un troubadour est tout amour;
Fidélité, constance !
Et sans espoir de récompense.
O Richard ! ô mon Roi !
L'univers t'abandonne ;
Sur la terre il n'est que moi, il n'est que moi,
Qui s'intéresse à ta personne.
O Richard ! ô mon Roi !
L'univers t'abandonne ;
Sur la terre il n'est que moi,
Oui, c'est Blondel, il n'est que moi,
Il n'est que moi,
Qui s'intéresse à ta personne,
N'est-il que moi, n'est-il que moi,
Qui s'intéresse à ta personne !

L'ORAGE ET LE BERGER.

ROMANCE.

Paroles de COLARDEAU, musique d'ALBANÈSE.
Ou AIR : *Souvenir du jeune âge (le* Pré-aux-Clercs, *opéra).*

Lise, entends-tu l'orage ?
Il gronde, l'air gémit !
Sauvons-nous au bocage...
Lise doute et frémit...
Qu'un cœur faible est à plaindre
Dans ce double danger...
C'est trop d'avoir à craindre
L'orage et son berger !

Mais cependant la foudre
Redouble ses éclats...
Que faire et que résoudre ?
Faut-il donc suivre Hylas !...
De frayeur Lise atteinte,
Va, vient, fuit tour-à-tour :
On fait un pas par crainte,
Un autre par amour.

Lise au bosquet s'arrête,
Et n'ose y pénétrer :
Un coup de la tempête
Enfin l'y fait entrer.
La foudre au loin s'égare,
On échappe à ses traits ;
Mais ceux qu'Amour prépare..
Ne nous manquent jamais.

Ce dieu pendant l'orage
Profite des moments :
Caché dans le nuage
Son œil suit les amants.
Lise, de son asile,
Sortit d'un air confus :
Le ciel devint tranquille,
Son cœur ne l'était plus.

(Clef du Caveau 662).

AH!
VOUS DIRAIS-JE MAMAN.

Ah ! vous dirais-je, maman,
Ce qui cause mon tourment ?
Depuis que j'ai vu Sylvandre
Me regarder d'un air tendre,
Mon cœur dit à tous moments
Peut-on vivre sans amants ?

L'autre jour dans un bosquet,
De fleurs il fit un bouquet ;
Il en para ma houlette,
Me disant : belle brunette,
Flore est moins belle que toi,
L'amour moins tendre que moi !

Étant faite pour charmer,
Il faut plaire, il faut aimer :
C'est au printemps de son âge
Qu'il est dit que l'on s'engage ;
Si vous tardez plus longtemps,
On regrette ces moments.

Je rougis, et par malheur,
Un soupir trahit mon cœur;
Sylvandre, en amant habile,
Ne joua pas l'imbécile ;
Je veux fuir, il ne veut pas :
Jugez de mon embarras.

Je fis semblant d'avoir peur,
Je m'échappai par bonheur,
J'eus recours à la retraite ;
Mais quelle peine secrète
Se mêle dans mon espoir,
Si je ne puis le revoir !

Bergères de ce hameau,
N'aimez que votre troupeau;
Un berger, prenez-y garde,
S'il vous aime, vous regarde,
Et s'exprime tendrement,
Peut vous causer du tourment.

Air attribué à CAMPRA et à RAMEAU.

(Clef du Caveau 25).

LA MANIÈRE
DE VIVRE CENT ANS.

Si de votre vie,
Joyeux Troubadours,
Vous avez l'envie
D'entendre le cours
Écoutez les sons
De ma lyre sexagénaire ;
Prêcher en chansons
Est ma fantaisie ordinaire.
Daignez donc vous taire
Pour quelques instants :
Voici la manière
De vivre cent ans.

S'endormir à l'heure
Où le jour s'enfuit ;
Quitter sa demeure
Dès que le jour luit ;
Au loin de ses pas
Porter la marche irrégulière ;
Pour chaque repas
Nouvelle course auxiliaire ;
Et l'année entière
Même passe-temps ;
Voilà la manière
De vivre cent ans.

Fier sur une tonne,
Narguer le chagrin ;
Prévoir, quand il tonne,
Un ciel plus serein ;

Se montrer soumis .
Aux coups du sort parfois sévère;
Tendre à ses amis
Sa bourse, sa main et son verre;
Suivre la bannière
De Roger-Bontemps;
Voilà la manière
De vivre cent ans.

Des beautés factices
Redouter l'accueil,
De leurs artifices
Eviter l'écueil;
Sauver sa gaîté
Des flots de la gent chicanière;
De la Faculté
Fuir la doctrine meurtrière;
Ne faire la guerre
Qu'aux cerfs haletants;
Voilà la manière
De vivre cent ans.

Toujours honnête homme,
Marcher hardiment;
Toujours économe,
Jouir sobrement;
Etre par accès
Des neuf Sœurs heureux tributaire;
Puis, avec succès,
Volant du Parnasse à Cythère,
A rimer et plaire
Consacrer son temps;
Voilà la manière
De vivre cent ans.

Lorsque du jeune âge,
L'on sent fuir l'ardeur,
Dans un doux ménage
Chercher le bonheur;

Au gré de ses vœux
Voir bientôt son épouse mère,
Toujours plus heureux,
Au bout de dix ans se voir père
D'une pépinière
D'enfants bien portants ;
Voilà la manière
De vivre cent ans.

Du gai vaudeville.
Fidèles troupeaux,
Parcourir la ville
Au son des pipeaux ;
Convives grivois,
Chaque mois faire bonne chère,
Serrer chaque mois
Les nœuds d'une amitié si chère,
Se revoir, se plaire,
Se quitter contents,
Voilà la manière
De vivre cent ans.

Faut-il par l'exemple
Vous convaincre tous ?
J'en vois dans ce temple
Un bien doux pour nous.
Regardez Laujon,
L'honneur de notre sanctuaire ;
Fils d'Anacréon.
Il boit et chante octogénaire ;
Toute sa carrière
Fut un long printemps :
Voilà la manière
De vivre cent ans.   DÉSAUGIERS.

ROUEN.
LÉONARD FRANÇOIS, LIBRAIRE-ÉDITEUR,
Rue Impériale, 37.

Rouen. — Imp. H. BOISSEL, successeur de A. PÉRON.

GENTILLE BOULANGÈRE.

ROMANCE.

Paroles de **LA HARPE**, musique de **PHILIDOR**.

AIR : *Le Passage des Amours* (E. BISCHOFF) , ou *Partant pour la Syrie.*

Gentille boulangère,
Qui des dons de Cérès
Sais d'une main légère
Nous faire du pain frais ;
Des biens que tu nous livres
Peut-on se réjouir ?
Si ta main nous fait vivre,
Tes yeux nous font mourir.

De tes pains, ma mignonne,
L'amour a toujours faim ;
Si tu ne les lui donne,
Permets-en le larcin,
Mais tu ne veux l'entendre,
Tu ris de ses hélas !
Quand on vend du pain tendre,
Pourquoi ne l'être pas ?

D'une si bonne pâte
Ton cœur semble pétri !
De mes maux, jeune Agathe,
Qu'il soit donc attendri !
Ne sois pas si sévère,
Écoute enfin l'amour,
Et permets-lui, ma chère,
D'aller cuire à ton four.

(*Clef du Caveau* 417).

DANS UN BOIS
SOLITAIRE
ET SOMBRE.

ROMANCE.

Paroles de **LAMOTTE**, musique de **ALBANÈSE.**

Airs : *Réveillez-vous Belle dormeuse,*
Ou : *En Jupon court en Corset blanc.*

Dans un bois solitaire et sombre
Je me promenais l'autre jour :
Un enfant y dormait à l'ombre ;
C'était le redoutable amour.

J'approche, sa beauté me flatte ;
Mais j'aurais dû m'en défier !
J'y vis tant les traits d'une ingrate,
Que j'avais juré d'oublier.

Il avait la bouche vermeille,
Le teint aussi beau que le sien.
Un soupir m'échappe, il s'éveille ;
L'amour se réveille d'un rien.

Aussitôt, déployant ses ailes,
Et saisissant son arc vengeur,
D'une de ses flèches cruelles.
En partant, il me blesse le cœur.

Va, dit-il, aux pieds de Sylvie,
De nouveau languir et brûler ;
Tu l'aimeras toute la vie,
Pour avoir osé m'éveiller.

(*Clef du Caveau* 127.)

MA TACTIQUE.

DE

DÉSAUGIERS.

Air : *J'ai vu la meunière.*

Amis, pour embellir le cours
    De ma vie entière,
Savez-vous quelle fut toujours
    Ma seule manière ?
D'abord tacticien savant,
J'ai soin de dire en me levant :
    « Chagrins, en arrière,
    Plaisirs, en avant ! »

Après un ample déjeuner,
    Affaire première...
Après un succulent dîner,
    Suite nécessaire...
Certain minois me captivant,
Le soir, je chante en m'esquivant :
    « Comus en arrière !
    Amour, en avant ! »

Toutes les fois que d'un tendron
    Je suis la bannière,
Je chante, gardant d'un luron
    L'humeur cavalière :

« Fi! d'un amant toujours rêvant,
Toujours de larmes s'abreuvant!
    Romance, en arrière!
    Chansons, en avant! »

Lorsque ma fauvette en son vol,
    Un peu journalière,
Après avoir pour moi fui Paul,
    Me quitte pour Pierre,
Tout aussi gai qu'auparavant
Je dis, cédant au gré du vent :
    « Regrets, en arrière!
    Désirs, en avant! »

Qu'un homme dont je fus trahi
    Soit dans la misère,
Mon cœur, qui n'a jamais haï,
    Prévient sa prière,
Et du superflu me privant,
Il me voit bien vite arrivant
    La plainte en arrière,
    La bourse en avant.

Accablé de fièvre et d'ennuis,
    Quand, sur la litière,
Au jour, à peine, je puis
    Ouvrir ma paupière,
« Bacchus, dis-je d'un ton fervent,
Protégera son desservant...
    Frayeur, en arrière!
    Espoir, en avant! »

J'use alors d'un remède sain,
        Et que, d'ordinaire,
N'ordonne le médecin,
        Ni l'apothicaire...
C'est de m'écrier, en buvant
A verre plein et très-souvent :
        « Tisane, en arrière !
        Bourgogne, en avant ! »

A force de recommencer,
        Quand ma chambrière,
De ce julep, vient me verser
        La goutte dernière,
Loin de pleurer mon ci-devant,
Gaîment je chante en l'achevant :
        « Bourgogne, en arrière !
        Champagne, en avant ! »

Si jusqu'ici, du noir trio,
        La main meurtrière
N'a pas mis, d'un coup de ciseau,
        Fin à ma carrière,
C'est que, jusqu'ici le bravant,
J'ai toujours dit, en bon vivant :
        « Parques, en arrière !
        Momus, en avant ! »

JE T'AIME TANT.

ROMANCE.

Paroles de FABRE D'ÉGLANTINE, musique de GROS DE LA NEUVILLE.

AIR : *J'étais bon chasseur autrefois ;* ou *Il faut des époux assortis.*

Je t'aime tant ! je t'aime tant
Je ne puis assez te le dire,
Et je le répète pourtant
A chaque fois que je respire !
Absent, présent, de près, de loin,
Je t'aime est le mot que je trouve ;
Seul avec toi, devant témoins,
Ou je le pense, ou je le prouve.

Zélie, je t'aime en cent façons ;
Pour toi seule je tiens ma plume :
Je te chante dans mes chansons,
Je te lis dans chaque volume.
Qu'une beauté m'offre tes traits,
Je te cherche sur son visage
Dans les tableaux, dans les portraits,
Je veux démêler ton image.

En ville, aux champs, chez moi, dehors,
Ta douce image est caressée,
Elle se fond, quand je m'endors,
Avec ma dernière pensée.
Quand je m'éveille, je te vois
Avant d'avoir vu la lumière,
Et mon cœur est plus vite à toi
Que le jour n'est à ma paupière.

Absent je ne te quitte pas :
Tous tes discours je les devine ;
Je compte tes soins et tes pas ;
Ce que tu fais je l'imagine.
Près de toi suis-je de retour,
Je suis aux cieux, c'est un délire :
Je ne respire que l'amour,
Et c'est ton souffle que je respire.

Ton cœur est tout mon bien, ma loi :
Te plaire est toute mon envie :
Enfin, en toi, par toi, pour toi
Je respire et tiens à la vie.
Ma bien-aimée, ô mon trésor !
Qu'ajouterai-je à ce langage ?
Dieu ! que je t'aime ! eh bien, encor,
Je voudrais t'aimer davantage !

(*Clef du Caveau* 1015).

GIROFLÉE

OU LES SOUVENIRS DU BON VIEUX TEMPS.

ROMANCE.

Giroflée, au printemps
Viens orner la tourelle,
Et que ta fleur nouvelle
Rappelle le vieux temps.

Que j'aime à voir la Giroflée
Sur de vieux murs croître et fleurir,
L'aspect de sa tige isolée
Du passé me fait souvenir,
Vieux palais dont les voûtes sombres,
S'embellissaient de marbre et d'or,
Vous n'êtes plus que des décombres
Où la nature règne encore.

Giroflée, au printemps
Viens orner la tourelle,
Et que ta fleur nouvelle
Rappelle le vieux temps.

Ici d'un lit était la place,
La châtelaine y reposait ;
Là, du mot j'aime, on voit la trace,
Sans doute un page le disait.

Aujourd'hui ton épais feuillage
De la fauvette est le séjour,
Et je devine à son ramage
Qu'on y fait encore l'amour.

 Giroflée, au printemps
 Viens orner la tourelle,
 Et que ta fleur nouvelle
 Rappelle le vieux temps.

L'amour se changeait donc en haine
Lorsqu'il n'était point écouté !
Oui, cet anneau vient de la chaine
Où dût gémir mainte beauté.
La belle Isaure y vit ses charmes
De baisers flétris et couverts ;
Etais-tu là quand de ses larmes
La pauvre enfant mouillait ses fers ?

 Giroflée, au printemps
 Viens orner la tourelle,
 Et que ta fleur nouvelle
 Rappelle le vieux temps.

Là s'élève encore l'enceinte
Où le baron tenait sa cour,
De ce lieu, pour la Terre-Sainte,
En armes il partit un jour ;
Mais aux fureurs de l'infidèle,
Le Dieu vengé l'abandonna.
Oh ! qu'il maudit, loin de sa belle,
Le nom de preux qu'on lui donna.

 Giroflée, au printemps
 Viens orner la tourelle,
 Et que ta fleur nouvelle
 Rappelle le vieux temps.

LE
MONT St-JEAN.

ÉMILE DEBRAUX.

Dans cette plaine où l'Angleterre
De notre sang teignit les fleurs,
Le front incliné vers la terre.
Un Français répandait des pleurs ;
Assis sur le bord d'une tombe
Dont l'aspect réveille ses maux,
Sur sa main, sa tête retombe
Et sa voix murmure ces mots,
    Murmure ces mots :

O mont Saint-Jean ! nouvelles Thermopyles.
Si quelqu'un profanait tes funèbres asiles,
    Fais lui crier par tes échos :   ⎱
    Tu vas fouler la cendre des héros ! ⎰ *bis.*

J'ai vu les arts et les bergères
Engloutis dans l'obscurité,
Près des légions étrangères,
Pour fleurir en liberté ;

J'ai vu la palme la plus belle
Plier, tomber et se flétrir ;
J'ai vu la victoire infidèle !
Et je viens apprendre à mourir,
    Apprendre à mourir !

O mont Saint-Jean, etc.

Honteux de se voir les esclaves
De ces rois dits nos alliés,
J'ai vu l'élite de nos braves
Courber leurs fronts humiliés ;
J'ai vu leur phalange attendrie
Maudire un indigne repos
Et sur les maux de la patrie
Pleurer au pied de ses drapeaux,
    Au pied de ses drapeaux !

O mont Saint-Jean, etc.

Là, des premiers soldats du monde,
Le sang inonda les guérets,
Et l'on vit la terre féconde
Changer ses épis en cyprès.
Chaque nuit, dans la brise errante
Des eaux, des forêts et des cieux,
Des preux j'entends la mourante
Nous crier pour derniers adieux,
    Pour derniers adieux :

O mont Saint-Jean ! nouvelles Thermopyles,
Si quelqu'un profanait tes funèbres asiles,
    Fais lui crier par tes échos :
    Tu vas fouler la cendre des héros !   *bis.*

    Ce ruisseau, dont l'onde rapide
    Roula jadis des flots de sang,
    Pour promener son eau limpide,
    Des bois s'échappe en frémissant ;
    Il fuit, et dans les vastes ondes,
    Il va se perdre en peu d'instants :
    Ainsi tous les peuples des mondes
    Se perdront dans la nuit des temps,
        Dans la nuit des temps !

O mont Saint-Jean, etc.

    Ici, l'Ottoman ou le Perse
    Peut-être, en un lointain hiver,
    Entendra résonner la herse
    Et sous le fer gémir le fer ;
    En voyant la face intrépide
    Des preux que le soc a foulé,
    Il dira, l'œil de pleurs humide :
    Ici l'univers a tremblé,
        L'univers a tremblé !

O mont Saint-Jean ! nouvelles Thermopyles,
Si quelqu'un profanait tes funèbres asiles,
    Fais lui crier par tes échos :   *bis.*
    Tu vas fouler la cendre des héros !

J'AI SON AMOUR
IL A MA FOI.

Paroles de FLORIAN, musique de CHARDINY.

Air : *Tout me charmait par ta présence*, ou *Dans une forêt des Ardennes*. (LÉON.)

Ah ! s'il est dans votre village,
Un berger sensible et charmant,
Qu'on chérisse au premier moment,
Qu'on aime ensuite davantage ;
C'est mon ami, rendez-le-moi ;
J'ai son amour, il a ma foi.

Si, par sa voix douce et plaintive,
Il charme l'écho de vos bois ;
Si les accents de son hautbois
Rendent la bergère pensive ;
C'est encore lui, rendez-le-moi,
J'ai son amour, il a ma foi.

Si même en n'osant rien dire,
Son seul regard sait attendrir ;
Si, jamais sans faire rougir,
Sa gaité fait toujours sourire :
C'est encore lui, rendez-le-moi
J'ai son amour, il a ma foi.

Si, passant près de sa chaumière,
Le pauvre, en voyant son troupeau,
Ose demander un agneau,
Et qu'il obtienne encor la mère ;
Oh ! c'est bien lui : rendez-le-moi ;
J'ai son amour il a ma foi.

ROUEN.

LÉONARD FRANÇOIS, LIBRAIRE-ÉDITEUR,
Rue Impériale, 37.

Rouen. — Imp. H. BOISSEL, successeur de A. PERON.

ET VA
COMME J'TE POUSSE.

Paroles de M. Armand GOUFFÉ.

Air : *du Pas redoublé.*

Il me faut un bonheur certain,
Et jamais je n'oublie
Ces mots que m'a dit le destin
En me donnant la vie :
Pour faire gaîment ton chemin.
Suis une pente douce ;
Sois franc, sois juste, sois humain,
Et va... comme j'te pousse.

Que je plains ces évaporés,
Dont l'univers abonde,
Qui, portés sur des chars dorés,
Se poussent dans le monde !
O fortune ! un rien te séduit,
Mais un rien te courrouce.
Laisse-moi cheminer sans bruit,
Et va... comme j'te pousse.

Soleil, je n'ai pas le pouvoir
De régler ta carrière,
Et je me borne à recevoir
Tes feux et ta lumière ;

Tiens, fais pousser pour les amours
   Le gazon et la mousse ;
Fais pousser la vigne toujours,
   Et va... comme j'te pousse.

Vénus, à ta charmante loi,
   Mon cœur n'est point rebelle ;
Je me sens, presque malgré moi,
   Brûler pour chaque belle,
Brune ou blonde... pourvu pourtant,
   Qu'elle ne soit pas rousse ;
Je pousse ma pointe en chantant,
   Et va... comme j'te pousse.

J'aime le vin du bon endroit,
   Surtout le vin qui mousse ;
Mais sous la main d'un maladroit,
   Il fuit et m'éclabousse.
Bon champagne, pour m'égayer,
   Je te presse du pouce ;
Je te lance dans mon gosier,
   Et va... comme j'te pousse.

Il faudra bien que, sans respect,
   La parque un jour me trousse ;
Mais croyez-vous qu'à votre aspect,
   Mon courage s'émousse ?
Le sage, prêt à s'endormir,
   Sans peine et sans secousse,
Se dit : la mort n'est qu'un soupir,
   Et va... comme j'te pousse.

LA FILLE

DU SAVETIER.

HISTOIRE GROTESQUE MAIS MORALE.

AIR : *Plantons le mai, Chantons le mai.*

Qu'un moment de vivacité
Peut causer de calamité !
Sexe chéri pour qui les larmes
Sont un besoin rempli de charmes.
Ah ! qu'au récit de mes malheurs
Vos beaux yeux vont verser des pleurs !

Mon père était un savetier
Fort estimé dans son quartier,
Et ma mère était blanchisseuse ;
Moi, déjà j'étais ravaudeuse,
Gagnant jusqu'à dix sols par jour ;
Mais qu'est l'or sans un peu d'amour ?

Sur le même carré que nous
Logeait un jeune homme fort doux ;
Soit que j'entre ou bien que je sorte,
Toujours il était sur la porte ;
A chaque heure il suivait mes pas ;
Mais mes parents ne l'aimaient pas.

Un jour j'étais innocemment
Dans la chambre de mon amant :
Mon père vient, frappe à la porte ;
Grands Dieux ! je me sens presque morte !
Hélas ! ne pourrions-nous jamais
De nos amours jaser en paix ?

Mon père, comme un furieux,
Prend mon amant par les cheveux ;
Mon amant, quoique doux et tendre,
Contraint enfin de se défendre,
D'un coup de poing sur le museau
Jette papa sur le carreau.

Aux cris du vieillard Moribond,
Ma mère, avec un gros bâton,
Arrive comme la tempête,
Frappe mon amant sur la tête.
Ah ! pour moi quel funeste sort !
Mon amant tombe roide mort.

Pour ce fatal coup de bâton
On conduit ma mère en prison ;
On la pend, et le commissaire
M'envoi à la Salpétrière...
Qu'un moment de vivacité
Peut causer de calamité !

Cette chanson est datée de 1720, plusieurs personnes l'ont attribuée à l'acteur Taconet, ce qui n'est pas possible, Taconet est
né en 1730.

RAMONEZ-CI
RAMONEZ-LA.

ROMANCE DES DEUX PETITS SAVOYARDS.

Musique de **DALEYRAC.**

Une petite fillette,
Qui n'avait pas plus d'quinze ans,
Pendant qu'on était à vêpres,
S'enfût de chez ses parents.
Eh ! aye ! eh ! hue ! eh ! aye ! et pouss' !
Eh ! aye ! eh ! hue ! v'la comme on arrive.
Pauvrette, où qu'vous allez comm' cà ?
Bientôt le loup vous croquera.
Ramonez–ci, ramonez-là,
La chemina du haut en bas!   (*ter.*)

Elle trouvît sur sa route
Un monsieur bien opulent ;
Il l'a prit dans son carrosse
Et tous deux allaient roulant ;
Eh ! aye ! eh ! hue ! eh ! aye ! et pouss' !
Eh ! aye ! eh ! hue ! v'la comme on arrive.
Pauvrette, au train dont il y va,
Bientôt c'monsieur vous versera.
Ramonez–ci, etc.

Avant la fin de l'année,
Il survint un accident :
Ell' revint dans le village
Et l'on chantait en la r'gardant :
Eh ! aye ! eh ! hue ! eh ! aye ! et pouss' !
Eh ! aye ! eh ! hue ! v'la comme on arrive.
A fillette ainsi qui s'en va,
Autant il en arrivera.
Ramonez–ci, ramonez-là,
La chemina du haut en bas.   (*ter.*)

MARSOLLIER.

VERSEZ, MES AMIS, VERSEZ.

CHANT MILITAIRE.

Paroles de Fabien **PILLET**, musique de **CHALDINY**.

Air : *Chantez, dansez, amusez-vous* (Rosière de Salency),
ou *Vive le rond.*

Voulez-vous suivre un bon conseil ?
Buvez avant que de combattre ;
De sang-froid je vaux mon pareil ,
Mais quand j'ai bien bu j'en vaux quatre,
Versez donc, mes amis, versez ;
Je n'en puis jamais boire assez.

Comme ce vin tourne l'esprit !
Comme il vous change une personne !
Tel qui tremble s'il réfléchit,
Fait trembler quand il déraisonne.
   Versez donc, etc.

Ma foi, c'est un triste soldat
Que celui qui ne sait pas boire ;
Il voit les dangers du combat ;
Le buveur n'en voit que la gloire.
   Versez donc, etc.

Cet univers , oh ! c'est très beau !
Mais pourquoi, dans ce bel ouvrage,
Le Seigneur a-t-il mis tant d'eau ?
Le vin me plaisait d'avantage.
   Versez donc, etc.

S'il n'a pas fait un élément
De cette liqueur rubiconde
Le Seigneur s'est montré prudent,
Nous eussions desséché le monde.
   Versez donc, mes amis, versez,
Je n'en puis jamais boire assez.

        (*Clef du Caveau* 635).

LE DESSERT.

Paroles de **M. Radet**.

Air : *En revenant de Bâle en Suisse.*

Disparaissez, on vous l'ordonne,
Rôtis pompeux, fins entremets,
Ici, Bacchus, Flore et Pommone,
Doivent seuls régner désormais :
    On rit , on babille,
    Le cœur est ouvert,
    Et la gaîté brille
    Au moment du dessert.

Voyez, quand un diner commence,
Souvent on ne se connaît pas ;
Mais sans peine on fait connaissance,
Et quand vient la fin du repas.
    On rit, etc.

A raisonner chacun s'applique,
Tous ensemble et non tour à tour ;
Tout haut l'on parle politique,
Et tout bas l'on parle d'amour.
    On rit, etc.

C'est du champagne qu'on apporte ;
Chacun va dire sa chanson.

On chante juste ou faux, qu'importe,
Le plaisir est à l'unisson.
   On rit, etc.

Voyez cette jeune innocente,
Buvant de l'eau, ne disant mot ;
A ce vin mousseux qui la tente,
Elle cède, en boit, et bientôt,
   On rit, on babille,
     Le cœur est ouvert,
     Et la gaîté brille
     Au moment du dessert.

Etrangère a la gourmandise,
Indifférente aux grands repas,
Lise, d'un peu de friandise
En secret ne se défend pas.
   On rit, etc.

Dans un amoureux tête-à-tête
Que cet instant est précieux ;
Ah ! quelle ivresse ! ah ! quelle fête !
Qu'avec joie, en attendant mieux,
   On rit, etc.

Nous, qu'un joyeux délire excite,
Et dont Momus dicte les chants,
Mes bons amis, dînons bien vite :
Mais au dessert restons longtemps :
   On rit, on babille,
     Le cœur est ouvert,
     Et la gaité brille
     Au moment du dessert.

LE PAN, PAN

BACHIQUE.

DÉSAUGIERS.

AIR : *Repos en voyage.*

Lorsque le Champagne,
Fait en s'échappant
Pan, pan,
Le doux bruit me gagne
L'âme et le tympan.

Le Macon m'invite,
Le Beaune m'agite,
Le Bordeaux m'excite,
Le Pommard me séduit ;
J'aime le Tonnerre,
J'aime le Madère,
Mais par caractère
Moi qui suis pour le bruit...
Lorsque le Champagne, etc.

Quand, aidé du pouce,
Le liége que pousse
L'écumante mousse,
Saute et chasse l'ennui,
Vite je présente

Ma coupe brûlante,
Et gaîment je chante
En sautant avec lui.

Lorsque le Champagne,
Fait en s'échappant
Pan, pan,
Le doux bruit me gagne
L'âme et le tympan.

Qu'Horace, en goguette,
Courant la guinguette,
Verse à sa grisette
La Falerne si doux ;
S'il eut, le cher homme,
Connu Paris comme
Il connaissait Rome,
Il eût dit avec nous :

Lorsque le Champagne, etc.

Maîtresse jolie,
Perd de sa folie,
Se fane et s'oublie,
Victime des hivers ;
Mais ma champenoise,
Grise comme ardoise,
En est plus grivoise
Et me dicte ces vers :

Lorsque le Champagne, etc.

De ce véhicule
Où roule et circule
Maint et maint globule ;

Si le feu me séduit :
 C'est que de ma tête,
 Qu'aucun frein n'arrête,
 L'image parfaite
Toujours s'y reproduit.
  Lorsque le champagne, etc.

 Quand de la folie
 La vive saillie
 S'arrête affaiblie
Vers la fin du banquet,
 Qui vient du délire
 Remonter la lyre ?
 Du jûs qui m'inspire,
C'est le divin bouquet.
  Lorsque le champagne, etc.

 Pour calmer la peine,
 Adoucir la gêne,
 Eteindre la haine
Et disputer l'effroi,
 Que faut-il donc faire ?
 Sabler à plein verre
 Ce jus tutélaire
Et chanter avec moi :
 Lorsque le champagne
 Fait en s'échappant
  Pan, pan,
 Le doux bruit me gagne
 L'âme et le tympan.

QUE NE SUIS-JE LA FOUGÈRE.

Air *connu*.

Que ne suis-je la fougère,
Où, sur le soir d'un beau jour,
Se repose ma bergère
Sous la garde de l'amour !
Que ne suis-je le Zéphire,
Qui rafraîchit ses appas,
L'air que sa bouche respire,
La fleur qui naît sous ses pas ?

Que ne suis-je l'onde pure,
Qui la reçoit dans son sein !
Que ne suis-je la parure,
Qu'elle met sortant du bain ?
Que ne suis-je cette glace
Où son minois répété,
Offre à nos yeux une grâce
Qui sourit à la beauté !

Que ne suis-je l'oiseau tendre
Dont le ramage est si doux,
Qui, lui-même, vient l'entendre
Et mourir à ses genoux !
Que ne suis-je le caprice
Qui caresse son désir,
Et lui porte en sacrifice
L'attrait d'un nouveau plaisir !

Que ne puis-je par un songe,
Tenir son cœur enchanté !
Que ne puis-je du mensonge
Passer à la vérité !
Les dieux qui m'ont donné l'être
M'ont fait trop ambitieux ;
Car enfin, je voudrais être
Tout ce qui plaît à ses yeux !

RIBOUTET.

ROUEN.

LÉONARD FRANÇOIS, LIBRAIRE-ÉDITEUR,
Rue Impériale, 37.

Rouen. — Imp. H. BOISSEL, successeur de A. PÉRON.

JEAN QUI PLEURE

ET JEAN QUI RIT.

CHANSONNETTE.

Air : *On rit, on chante au cabaret.*

Il est deux Jean dans ce bas monde
Différents d'humeur et de goût ;
L'un toujours pleure, fronde, gronde,
L'autre rit partout et de tout.
Or, mes amis, en moins d'une heure,
Pour peu que l'on ait de l'esprit,
On conçoit bien que Jean qui pleure
N'est pas si gai que Jean qui rit.

Aux Français une tragédie
A-t-elle éprouvé quelque échec,
Vite, d'une autre elle est suivie :
Le public la voit d'un œil sec ;
L'auteur en vain la croit meilleure ;
On siffle… son rêve finit…
Dans la coulisse est Jean qui pleure,
Dans le parterre est Jean qui rit.

Jean-Jacques gronde et se démène
Contre les hommes et les mœurs ;
La gaîté de Jean la Fontaine
Epure et pénètre les cœurs ;
L'un avec les grands mots nous leurre ;
De l'autre, un rat nous convertit :
Nargue, morbleu, du Jean qui pleure !
Vive à jamais le Jean qui rit !

Dupe d'une fausse caresse,
Floricourt, ivre de désirs,
Saisit la coupe enchanteresse.
Qu'un dieu fripon offre aux plaisirs.
En riant l'imprudent l'effleure.
Il la savoure, il la tarit :
Et le lendemain, Jean qui pleure
Succède, hélas ! à Jean qui rit.

Jean porteur d'eau de la Courtille,
Un soir se noya de chagrin ;
Un autre Jean, jeune et bon drille,
Tomba mort ivre un matin.
Et sur leur funèbre demeure
On grava, dit-on, cet écrit :
« Le ciel fit l'eau pour Jean qui pleure,.
Et fit le vin pour Jean qui rit. »

Auprès d'un vieux millionnaire
Qui va dicter son testament,
Le Jean qui rit est en arrière,
Le Jean qui pleure est en avant,
Jusqu'à ce que le vieillard meure
Il reste au chevet de son lit;
Est-il mort, adieu Jean qui pleure;
On ne voit plus que Jean qui rit.

Professeur dans l'art de bien vivre,
Dispensateurs de la santé,
Vous que ne cesse pas de suivre
Et l'appétit et la gaîté.
Ma chanson est inférieure
A tout ce qu'on a déjà dit,
Et je vais être Jean qui pleure
Si vous n'êtes pas Jean qui rit.

Désaugiers.

GRANDES VÉRITÉS.

AIR : *Aussitôt que la lumière.*

Oh ! le bon siècle, mes frères,
Que le siècle où nous vivons !
On ne craint plus les carrières
Pour quelques opinions,
Plus libre que Philoxène,
Je déchire le rideau :
Coulez, mes vers, de ma veine ;
Peuples, voici du nouveau.

La chandelle nous éclaire ;
Le grand froid nous engourdit ;
L'eau fraîche nous désaltère ;
On dort bien dans un bon lit.
On fait vendange en septembre ;
En juin viennent les chaleurs ;
Et quand je suis dans ma chambre,
Je ne suis jamais ailleurs.

Rien n'est plus froid que la glace ;
Pour saler, il faut du sel.
Tout fuit, tout s'use et tout passe ;
Dieu lui seul est éternel.
Le Danube n'est pas l'Oise ;
Le soir n'est pas le matin ;
Et le chemin de Pontoise
N'est pas celui de Pantin.

Le plus sot n'est qu'une bête ;
Le plus sage est le moins fou ;
Les pieds sont loin de la tête ;
La tête est bien près du cou.

Quand on boit trop, on s'enivre ;
La sauce fait le poisson ;
Un-pain d'une demi-livre
Pèse plus d'un quarteron.

Romulus a fondé Rome ;
On se mouille quand il pleut ;
Caton fut un honnête homme ;
Ne s'enrichit pas qui veut.
Je n'aime point la moutarde
Que l'on sert après diner ;
Parlez-moi d'une camarde
Pour avoir un petit nez.

Quand un malade a la fièvre.
Il ne se porte pas bien ;
Qui veut courir plus d'un lièvre
À coup sûr n'attrappe rien.
Soufflez sur votre potage,
Bientôt il refroidira :
Enfermez votre fromage,
Ou le chat le mangera.

Les chemises ont des manches ;
Tout coquin n'est pas pendu ;
Tout le monde court aux bracnhes
Lorsque l'arbre est abattu.
Qui croit tout est trop crédule ;
En mesure il faut danser ;
Une écrevisse recule
Toujours au lieu d'avancer.

Point de mets que l'on ne mange,
Mais il faut du pain avec ;
Et des perdrix sans orange
Valent mieux qu'un hareng sec.
Une tonne de vinaigre
Ne prend pas nn moucheron ;.

A vouloir blanchir un nègre
Le barbier perd son savon.

On ne se fait pas la barbe
Avec un manche à balais ;
Plantez-moi de la rhubarbe,
Vous n'aurez pas de navets.
C'était le cheval de Troie
Qui ne buvait pas de vin ;
Et les ânes qu'on emploie
Ne sont pas tous au moulin.

J'ai vu des cailloux de pierre,
Des arbres dans les forêts.
Des poissons dans la rivière,
Des grenouilles au marais.
J'ai vu le lièvre imbécile
Craignant le vent qui soufflait,
Et la girouette mobile
Tournant au vent qui tournait.

Le bon sens vaut tous les livres ;
La sagesse est un trésor ;
Trente francs font trente livres ;
Du papier n'est pas de l'or.
Par maint babillard qui beugle
Le sourd n'est point étourdi ;
Il n'est rien tel qu'un aveugle
Pour n'y voir goutte à midi.

Ne nous faites pas un crime
De ces couplets sans façon :
On y trouve de la rime
A défaut de la raison.
Dans ce siècle de lumières,
De talents et de vertus,
Heureux qui ne parle guères,
Et qui n'en penses pas plus !

AU CLAIR
DE LA LUNE.

Au clair de la lune,
Mon ami Pierrot,
Prête-moi ta plume,
Pour écrire un mot,
Ma chandelle est morte,
Je n'ai plus de feu,
Ouvre-moi ta porte,
Pour l'amour de Dieu.

Au clair de la lune,
Pierrot répondit :
Je n'ai pas de plume,
Je suis dans mon lit ;
Va chez la voisine,
Je crois qu'elle y est,
Car dans sa cuisine,
On bat le briquet.

Au clair de la lune,
L'aimable Lubin
Frappe chez la brune,
Ell' répond soudain :
Qui frapp' de la sorte ?
Il dit à son tour :
Ouvrez votre porte
Pour le dieu d'amour.

Au clair de la lune,
On n'y voit qu'un peu,
On chercha la plume,
On chercha du feu.
En cherchant d' la sorte,
Je n' sais c' qu'on trouva ;
Mais j'sais que la porte,
Sur eux se ferma.

C'EST DE LA MOUTARDE

APRÈS LE DÎNER.

Air : *Au clair de la lune.*

Ma chanson à faire
Jusqu'à ce moment
Ne m'occupa guère ;
Ce matin pourtant,
Ma muse musarde,
  Avant déjeûné,
A fait la moutarde
  Après le dîné.

Qu'une tragédie
Ait un plein succès,
Et par jalousie,
Que deux jours après,
Un journal bombarde
L'auteur couronné,
  C'est de la moutarde
  Après le dîné.

Jaloux de sa belle,
Certain vieux galant
Trouve un jour près d'elle
Son représentant ;
Le sot qu'on brocarde
Crie en déchaîné...
  C'est de la moutarde
  Après le dîné.

Dans la capitale
Un pauvre ingénu
Boit, joue et régale
Le premier venu,
Mais s'il se hasarde
A traiter Phryné,
Gare à la moutarde
    Après le dîné.

Roch, jugeant Ragonde,
Que l'âge accablait,
Disait que ce monde
Etait un banquet.
« Alors, dit la garde,
Tant votre séné
Est de la moutarde
    Après le dîné. »

Madame Gertrude
Veut, à soixante ans,
Faire encor la prude,
Mais il n'est plus temps,
En vain elle est farde
Son teint surané ;
C'est de la moutarde
    Après le dîné.

Amis, je m'arrête,
Et crains, entre nous,
Qu'un grand mal de tête
Ne vous prenne à tous.
A tort je bavarde ;
Rien ne monte au né
Comme la moutarde
    Après le dîné.

Désaugiers.

LA NEIGE.

Tyrolienne de **J.-D. DOCHE.**

La neige, au loin, couvre nos montagnes,
L'hiver jaloux
Va fondre sur nous ;
Plus de bosquets, ni vertes campagnes,
Portez, amours,
Le deuil des beaux jours.
Adieu, prairie,
Rose jolie,
Loisirs, plaisirs,
Tout s'enfuit devant les zéphirs.
Cet ormeau, l'honneur du village,
Privé du feuillage,
N'offre pas d'ombrage,
Et l'oiseau volage,
Avec son ménage,
Quitte le bocage
Jusques aux chaleurs.
La brebis cherche sur l'herbette.
La tendre musette
Est presque muette,
Et la bergerette
Va dans sa retraite
Soupirer seulette

Jusqu'au temps des fleurs ;
Un mouchoir épais couvre son sein,
Plus d'espoir pour les yeux ni la main.
Sous ce voile qui l'emprisonne,
Sa gorge mignonne
D'amour est cherchée,
Et cette croix,
Longtemps enfermée,
Restera cachée
Tant qu'il fera froid.
Le bœuf, pressé de l'aiguillon,
Tremble et tombe en faisant son sillon.
Tout est triste dans la nature,
Et de la froidure
L'amour même endure ;
Ce petit enfant,
Qui, pour couverture,
N'a que son armure,
Grelotte en marchant.
Laisse ma main réchauffer la tienne ;
Tu trembles, viens,
Approche-toi bien ;
Pose ta joue ici sur la mienne,
Passe ton bras,
Marche à petits pas ;
Enfin, la glace
Sous mes pieds casse,
Sois sans effroi,
C'est mon cœur qui veille sur toi.
Vois ce chaume rustique,
C'est l'asile antique
Qu'habite mon père ;
Allons-y, ma chère,

L'on y dort tranquille,
C'est le domicile
De la pauvreté.
Cent hivers ont blanchi le faîte
De cette retraite,
Dont la bienfaisance,
Sœur du silence,
La paix, l'espérance
Offre à l'indigence
L'hospitalité ;
Là, le temps paraît toujours serein,
Là, jamais ni désirs ni chagrin ;
Le bonheur de la matinée
Remplit la journée,
Et toute l'année,
Coulant sans souci,
Sans crainte importune,
Loin de l'infortune,
Recommence ici.
Chaque jour, lorsqu'après les travaux
La nuit vient amener le repos,
Au foyer, le sarment pétille.
Le chef de la famille
S'assied et babille,
Et de temps en temps
Un piquant breuvage
Donne à son visage
Un air de printemps.

LE
POINT DU JOUR.

Musique de DALAYRAC.

Le point du jour,
A nos bosquets rend toute leur parure ;
Flore est plus belle à son retour ;
L'oiseau reprend doux chant d'amour ;
Tout célèbre dans la nature
Le point du jour.   (*bis*)

Au point du jour
Désir plus vif est toujours près d'éclore ;
Jeune et sensible troubadour,
Quand vient la nuit chante l'amour ;
Mais il chante bien mieux encore
Au point du jour.   (*bis*)

Le point du jour
Cause parfois, cause douleur extrême.
Que l'espace des nuits est court
Pour le berger brûlant d'amour,
Forcé de quitter ce qu'il aime
Au point du jour !   (*bis*)

Étienne de la Chabeaussière.

ROUEN.
LÉONARD FRANÇOIS, LIBRAIRE-ÉDITEUR,
Rue Impériale, 37.

Rouen. — Imp. H. BOISSEL, successeur de A. PERON.

L'EAU VA TOUJOURS

A LA RIVIÈRE.

Air : *J'étais bon chasseur autrefois,*
    Ou *J'en conviens, j'ai l'humeur volage.*

Amis, il est un fait certain
Que ne doit ignorer personne ;
La Moselle s'unit au Rhin,
Et la Dordogne à la Garonne ;
L'Oise dans la Seine se rend,
Le Rhône se rend à l'Isère,
Et bien ou mal, voilà comment,
L'eau va toujours à la rivière.

Armateur, jadis porteur d'eau,
Mondor qui se nommait Antoine,
Achète, équipe maint vaisseau ;
L'océan est son patrimoine ;
Humble autrefois, fier aujourd'hui,
Au Pactole il se désaltère ;
Et les faveurs pleuvent sur lui :
L'eau va toujours à la rivière,

L'ami Vigier, tous les matins,
Chez lui voit accourir la folle ;
Et tant qu'il coulera des bains,
Nous ne craignons pas qu'il se coule,
Vigier roule et nage dans l'or,
Sa fortune est liquide et claire,
Et chaque été la double encor ;
L'eau va toujours à la rivière.

Un Jean-Baptiste, vigneron,
Ayant adopté pour système
D'imiter en tout son patron,
Honorait son vin du baptême.
Un jour, la Seine débordant,
Vient inonder sa cave entière ;
Il devait prévoir l'accident :
L'eau va toujours à la rivère.

Je voulais boire ce matin
A la sauce de l'hippocrène ;
Vous m'avez coupé le chemin,
Et je reviens tout hors d'haleine.
Chaque mois vous m'opposerez
Cette insurmontable barrière ;
Plus vous buvez, plus vous boirez :
L'eau va toujours à la rivière,

DÉSAUGIÉRS.

COLINETTE.

Colinette au bois s'en alla,
En sautillant par-ci par-là ;
Tra la deri dera, tra la deri dera.
Un beau monsieur la rencontra,
Frisé par-ci, poudré par-là ;
Tra la deri dera, tra la deri dera.
« Fillette, où courez-vous comm' ça ?
— Monsieur, j'm'en vais dans c'p'tit bois-là
Cueillir la noisette. »
Tra la deri dera, tra la deri dera,
N'y a pas d' mal à ça,
Colinette,
N'y a pas d' mal à ça !

A ses côtés l' monsieur s'en va,
Sautant, comme ell', par-ci, par-là,
Tra la deri dera, tra la deri dera.
« Où v'nez-vous, monsieur, comme ça ?
— Je vais avec vous dans c' p'tit bois-là,
Tra la deri dera, tra la deri dera.
Mais jusqu'à temps qu'nous soyions-là,
Chantons gaîment par-ci par-là,
La petit' chansonnette. »
Tra la deri dera, tra la deri dera,
N'y a pas d' mal à ça,
Colinette,
N'y a pas d' mal à ça !

L'monsieur lui dit, quand ils fur'nt là,
« Asseyons-nous sur ce gazon-là,
Tra la deri dera, tra la deri dera.
Sans résistance il l'embrassa,
Et p'tit à p'tit, et cœtera,
Tra la deri dera, tra la deri dera,
La pauvre fille, en sortant d' là,
Garda l' silence et puis pleura !
Personn' ne répète :
Tra la deri dera, tra la deri dera,
N'y a pas d' mal à ça.
Colinette,
N'y a pas d' mal à ça !

Pendant quelqu' temps l' monsieur resta
Et puis après il décampa ;
Tra la deri dera, tra la deri dera.
Colinette en vain s' dépita,
Plus d'amoureux ne s' présenta...
Tra la deri dera, tra la deri dera,
Tout comme un' peste on l'évita ;
Pour s' moquer d'elle chacun chanta
D'vant sa maisonnette :
Tra deri dera, la, la, la,
La, la, la, la, tra la deri dera,
N'y a pas d' mal à ça,
Colinette,
N'y a pas d' mal à ça !

LA PIPE
DE TABAC.

CHANSON.

Musique de **GAVEAUX** (de l'opéra le *Petit Matelot*).
Paroles de **PIGAULT LEBRUN**.

Air : *Le cabaret.*
Ou *Quand l'amour naquit à Cithère.*

Contre les chagrins de la vie
On crie : *ab hoc* et *ab hac*,
Moi, je me crois digne d'envie
Quand j'ai ma pipe de tabac.
Aujourd'hui changeant de folie,
Et de boussole et d'almanach,
Je préfère fille jolie
Même à la prise de tabac.

Le soldat baille sous la tente
Le matelot sur le tillac ;
Bientôt ils ont l'âme contente
Avec la prise de tabac.
Si pourtant survient une belle,
A l'instant le cœur fait tic tac,
Et l'amant oublie auprès d'elle
Jusqu'à la prise de tabac.

Je tiens cette maxime utile
De ce fameux monsieur de Crac :
En campagne comme à la ville,
Fêtons l'amour et le tabac.
Quand ce grand homme allait en guerre,
Il portait dans son petit sac
Le doux portrait de sa bergere,
Avec sa pipe de tabac.

(Clef du Caveau 108.)

LE BIEN-AIMÉ

NE REVIENT PAS.

ROMANCE.

Paroles de **MARSOLLIER**, musique de **DALAYRAC** (*Nina*, opéra comique).

Air : *Chantez, dansez, amusez-vous* (Rosière de Salency).
Ou *Vive le rond.*

Quand le bien-aimé reviendra
Près de sa languissante amie,
Le printemps alors renaîtra,
L'herbe sera toujours fleurie,
Mais je regarde ; hélas ! hélas !
Le bien-aimé ne revient pas.

Oiseaux, vous chanterez bien mieux
Quand du bien-aimé la voix tendre
Vous peindra ses transports, ses feux.
Car, c'est à lui de vous l'apprendre,
Mais, mais j'écoute hélas ! hélas !
Le bien-aimé ne revient pas.

Echos, que j'ai lassé cent fois
De mes regards, de ma tristesse,
Il revient, peut-être sa voix
Redemande aussi sa maîtresse,
Paix ! il appelle ; hélas ? hélas !
Le bien-aimé ne revient pas.

(Clef du Caveau 480).

LE JOLI FESTIN.

RONDE DE TABLE.

AIR : *Pour étourdir le chagrin.*

Allons, mettons-nous en train !
Qu'on rie,
Et que la folie,
D'un aussi joli festin,
Vienne couronner la fin.

Si par quelques malins traits
Les convives se provoquent,
Ici ce ne sont jamais
Que les verres qui se choquent.
Allons, etc.

Le vin donne du talent
Et vaut, dit-on, une muse ;
Or, donc en me l'infusant,
J'aurai la science infuse.
Allons, etc.

Amis, c'est en préférant
La bouteille à la carafe,
Qu'on voit le plus ignorant
Devenir bon géographe.
Allons, etc.

Beaune, pays si vanté,
Châblis, mâcon, bordeaux, grave...
Avec quelle volupté
Je vous parcours dans ma cave !
Allons, etc.

Champagne, ton nom flatteur
A bien plus d'attraits, je pense,
Sur la carte du traiteur
Que sur la carte de France.
Allons, etc.

A voir ainsi du pays,
On s'expose moins, sans doute,
Il vaut mieux, à mon avis,
Verser à table qu'en route.
Allons, etc.

Je sais qu'une fois en train,
On est étendu par terre
Tout aussi bien que par le vin
Que par un vélocifère.
Allons, etc.

Mais voyage qui voudra ;
A moins que l'on ne me chasse,
D'un an, tel que me voilà,
Je ne bougerai de place.
Allons, etc.

Ce lieu vaut seul, en effet,
Toute la machine ronde,
Et le tour de ce banquet
Est pour moi le tour du monde.
Allons, etc.

Il faudra pourtant, amis,
Fuir de ce séjour aimable ;
En quittant ce paradis,
Nous nous donnerons au diable.
Allons, mettons-nous en train,
Qu'on rie,
Et que la folie,
D'un aussi joli festin,
Vienne couronner la fin.

DÉSAUGIERS.

COMPÈRE GUILLERI.

Il était un p'tit homme
Qui s'appelait Guilleri,
 Carabi :
Il s'en fut à la chasse,
A la chasse aux perdrix,
 Carabi,
 Toto carabo,
Marchand de carabas,
Compère Guilleri,
Te lairas-tu (*ter*) mouri !

Il s'en fut à la chasse,
A la chasse aux perdrix,
 Carabi ;
Il monta sur un arbre
Pour voir ses chiens couri,
 Carabi,
 Toto carabo,
Marchand de carabas,
Compère Guilleri,
Te lairas-tu (*ter*) mouri !

Il monta sur un arbre
Pour voir ses chiens couri,
 Carabi ;
La branche vint à rompre
Et Guilleri tombi,
 Carabi,
 Toto carabo,
Marchand de carabas,
Compère Guilleri,
Te lairas-tu (*ter*) mouri !

La branche vint à rompre
Et Guilleri tombi,
    Carabi ;
Il se cassa la jambe
Et le bras se démit,
    Carabi,
    Toto carabo,
Marchand de carabas,
Compère Guilleri,
Te lairas-tu (*ter*) mouri !

Il se casse la jambe
Et le bras se démit,
    Carabi ;
Les dam's de l'hôpital
Sont arrivées au bruit,
    Carabi,
    Toto carabo,
Marchand de carabas,
Compère Guilleri,
Te lairas-tu (*ter*) mouri !

Les dam's de l'hôpital
Sont arrivées au bruit,
    Carabi ;
L'une apporte un emplâtre,
L'autre de la charpi,
    Carabi,
    Toto carabo,
Marchand de carabas,
Compère Guilleri,
Te lairas-tu (*ter*) mouri !

L'une apporte un emplâtre,
L'autre de la charpi,
    Carabi,

On lui banda la jambe
Et le bras lui remit,
Carabi,
Toto carabo,
Marchand de carabas,
Compère Guilleri,
Te lairas-tu (*ter*) mouri !

On lui banda la jambe
Et le bras lui remit,
Carabi,
Pour remercier ces dames,
Guill'ri les embrassit,
Carabi,
Toto carabo,
Marchand de carabas,
Compère Guilleri,
Te lairas-tu (*ter*) mouri !

Pour remercier ces dames,
Guill'ri les embrassit,
Carabi ;
Ça prouv' que par les femmes
L'homme est toujours guéri,
Carabi,
Toto carabo.
Marchand de carabas,
Compère Guilleri,
Te lairas-tu (*ter*) mouri !

LA PITIÉ
N'EST PAS DE L'AMOUR.

ROMANCE.

Paroles de ALEXANDRE DUVAL, musique de DELLA-MARIA
(du *Prisonnier ou la Ressemblance*, opéra).
AIR : *Que j'aime à voir les hirondelles*,
Ou *Gusman ne connaît pas d'obstacle*.

Lorsque, dans une tour obscure,
Ce jeune homme est dans la douleur,
Mon cœur guidé par la nature,
Doit compatir à son malheur.
Si j'entends sa plainte touchante,
Je deviens triste tout le jour ;
Maman ne sois pas mécontente,
La pitié n'est pas de l'amour.

Quand, à la fenêtre discrète,
J'écoute ses plaintifs accents
D'intérêt ma bouche est muette,
Je crois toujours que je l'entends.
Je resterais-là, quand il chante,
Toute la nuit et tout le jour ;
Maman ne sois pas mécontente,
La pitié n'est pas de l'amour.

Un jour, sa romance était tendre,
Elle enchanta tous mes esprits ;
Je ne cherchai point à l'apprendre,
Et, sans le vouloir, je l'appris.
Depuis ce temps-là, je la chante,
Je la répète nuit et jour,
Maman, ne sois pas mécontente.
La pitié n'est pas de l'amour.

ROUEN.
LÉONARD FRANÇOIS, LIBRAIRE-ÉDITEUR,
Rue Impériale, 37.

Rouen. — Imp. H. BOISSEL, successeur de A. PÉRON.

JE SUIS FRANÇAIS!

MON PAYS AVANT TOUT.

CHANSON.

Qu'on soit né sur les bords du Tage,
Qu'on soit de Vienne ou de Paris,
Mortels, répétez cet adage :
Il faut être de son pays.
L'homme chérit le lieu de sa naissance,
Moi, mes amis, je cherche en vain partout,
Je ne vois rien de si beau que la France,
Je suis Français mon pays avant tout.

Que l'on me vante l'Ibérie,
L'Amérique et ses habitants,
Qu'on me dise que l'Italie
Jouit d'un éternel printemps :
Tous ces pays sont fort bons à connaître,
Mais moi, je veux, par raison et par goût,
Vivre et mourir aux lieux qui m'ont vu naître,
Je suis Français, mon pays avant tout.

Que chez nous, des modes anglaises
Un fat se montre curieux,
Ce que firent des mains françaises
A bien plus de prix à mes yeux ;
Gardez, Messieurs, vos percales, vos frises,
Paris me vend mes bas et mon surtout,
Louviers mon drap, et Rouen mes chemises,
Je suis Français mon pays avant tout.

Que, dédaigneux des vins de France,
Mondor serve, un jour de gala,
Alicante, Porto, Constance,
Tokaï, Madère et Malaga ;
Fi ! de ces vins de Hongrie et d'Espagne,.
Du vin amer qu'on baptise partout ;
A moi, Bourgogne et Bordeaux et Champagne,
Je suis Français, mon pays avant tout.

Que, par une étrange manie,
Il soit d'insensés détracteurs
Qui, nous refusant le génie,
Des étrangers vantent les auteurs.
En Italie, ainsi qu'en Angleterre,
Les écrivains sont tous de fort bon goût,
Mais je préfère et Racine et Voltaire :
Je suis Français, mon pays avant tout.

Pour la beauté bien moins sévère,
Aisément je change d'avis,
Et j'en conviens, je voudrais plaire
Aux belles de tous les pays ;
Mais, j'aime un jour les Russes, les Anglaises,
Passé ce temps, ma constance est à bout,
Et tour à tour j'adore les Françaises,
Je suis Français, mon pays avant tout.

Qu'un poëte, vendant sa lyre,
Chante les Russes, les Anglaises ;
Animé d'un noble délire,
Je ne chante que les Françaises ;
Que n'ai-je, hélas ! pour célébrer leur gloire,
Les dons heureux du génie et du goût,
Je graverais au temple de mémoire,
Je suis Français, mon pays avant tout.

C'EST L'AMOUR.

RONDE.

C'est l'amour, l'amour, l'amour,
Qui fait le monde
A la ronde,
Et chaque jour, à son tour,
Le monde fait l'amour.

Qui rend la femme plus docile,
Et qui sait doubler ses attraits,
Qui rend le plaisir plus facile,
Qui fait excuser ses excès ?
Qui rend plus accessibles
Les grands dans leurs palais,
Qui sait rendre sensibles
Jusques aux sous-préfets ?

C'est l'amour, etc.

Qui donne de l'âme aux poëtes,
Et de la joie aux moins lurons,
Qui donne de l'esprit aux bêtes
Même du courage aux poltrons ?

Qui donne des carrosses
Aux tendrons de Paris,
Et qui donne des bosses
A beaucoup de maris ?

C'est l'amour, etc.

Que fait une nouvelle artiste
Qui veut s'assurer des amis,
Que fait une jeune modiste
Pour se mettré en vogue à Paris ?
Que font dans les coulisses
Les banquiers, les docteurs,
Et que font les actrices
Avec certains auteurs ?

C'est l'amour, etc.

Sur les rochers les plus sauvages,
Dans les palais, dans les vallons,
Dans l'eau, dans l'air, dans les bocages,
Sous le chaume, dans les salons ;
Que font toutes les belles,
Les amants, les époux,
Que font les tourterelles
Et même les coucous ?

C'est l'amour, l'amour, l'amour,
Qui fait le monde
A la ronde,
Et chaque jour, à son tour,
Le monde fait l'amour.

BASTIEN ET BASTIENNE.

CHANSONNETTE.

Air : *De Roger-Bontemps.*

Plus matin que l'aurore
Dans nos vallons j'étais ;
Bien après l'soir encore,
Dans nos vallons, j'restais ;
Le travail et la peine,
Tout ça n'me faisait rien ;
Hélas ! c'est que Bastienne
Etait avec Bastien.

Dès que le jour se lève
Je voudrais qu'il fut soir,
Et dès que l'jour s'achève
Au matin j'voudrais m'voir.
D'où vient que tout m'chagrine
Et que j'nons l'cœur à rien ?
Hélas ! c'est que Bastienne
Ne voit plus son Bastien.

L'changement d'ce volage
Devrait bien m'dégager ;
Mais j' n'en ons pas l'courage,
Et je n'fais qu'm'affliger.
D'un ingrat, quand on s'venge
C'est se dédommager
Mais hélas ! Bastien change
Et je n'saurais changer.

Madame FAVART.

LA DANSE
N'EST PAS CE QUE J'AIME.

Ariette chantée dans *Richard Cœur-de-Lion*.
Musique de GRÉTRY.

La danse n'est pas ce que j'aime,
Mais c'est la fille à Nicolas ;
Lorsque je la tiens dans mes bras,
Alors mon plaisir est extrême,
Je la presse contre moi–même ;
Et puis, nous nous parlons tout bas,
   Tout bas, tout bas, tout bas bas ;
Que je vous plains ! vous ne la verrez pas.

Elle a quinze ans, moi j'en ai seize,
Ah ! si la mère Nicolas
N'était pas toujours sur nos pas !
Eh bien ! quoique cela déplaise,
Auprès d'elle je suis bien aise ;
Et puis nous nous parlons tout bas,
   Tout bas, tout bas, tout bas, bas ;
Que je vous plains ! vous ne la verrez pas.

Qu'elle est gentille, ma bergère,
Quand elle court dans le vallon ;
Oh ! c'est vraiment un papillon,
Ses pieds ne touchent pas la terre.
Je l'attrape, quoique légère :
Et puis, nous nous parlons tout bas,
Tout bas, tout bas, tout bas ;
Que je vous plains, vous ne la verrez pas !

SEDAINE.

LA MERVEILLE SANS PAREILLE.

Air *ancien.*

On voit dans ma boîte magique,
La rareté !
Rien qui ne flatte et qui ne pique
La curiosité !
Le monde, en peinture mouvante,
Par mon verre se montre aux yeux ;
Et sa figure est si parlante,
Qu'elle fait dire aux curieux :
« Oh ! la merveille
Sans pareille ! »

J'y fais voir un grand sans caprice,
La rareté !
Un courtisan sans artifice,
La curiosité !
Une cour ou dame fortune
Ne trouble pas les plus beaux jours,
Et n'ait pas, ainsi que la lune,
Et son croissant et son décours.
Oh ! la merveille
Sans pareille.

Un seigneur sans faste et sans dettes,
La rareté !
Un commis riche et les mains nettes,
La curiosité !
Un crésus, chez qui l'industrie
Enfante la prospérité,
Sans que dans l'éclat il oublie
Ce que ses aïeux ont été,
Oh ! la merveille
Sans pareille !

Un bel esprit sans suffisance,
La rareté !
Un grand du jour dans l'opulence,
La curiosité !
Un ami qui, dans ma disgrâce,
M'aime autant que dans mon bonheur,
Et quand le sort m'ôte ma place,
M'en conserve une dans son cœur.
Oh ! la merveille
Sans pareille !

Un bretteur qui jamais ne fuie,
    La rareté !
Un conteur que jamais n'ennuie,
    La curiosité !
Un tartuffe, à lui-même austère,
Et qui, sans la douceur du miel
Ne déguise pas le mystère
D'un cœur amer et plein de fiel.
      Oh ! la merveille
      Sans pareille !.

Mari d'accord avec sa femme,
    La rareté !
Deux cœurs qui ne fassent qu'une âme,
    La curiosité !
Paisible et vertueux ménage,
Où sans cesse d'heureux enfants
Trouvent d'une conduite sage,
Le modèle dans leurs parents.
      Oh ! la merveille
      Sans pareille !

Un petit maître raisonnable,
    La rareté !
Un plaideur qui soit équitable,
    La curiosité !
Un modeste et sage critique
Qui, sans mélange d'âcreté,
Assaisonne d'un sel attique
Ce que le bon sens a dicté.
      Oh ! la merveille
      Sans-pareille !

Grand spectacle ou tout divertisse,
    La rareté !
Fête ou tout le monde applaudisse,
    La curiosité !
Chanson badine et satirique,
Dont les couplets soient d'un goût fin,
Dont chaque mot, sans blesser, pique
Et prépare un heureux refrain.
      Oh ! la merveille
      Sans pareille !

Du Cerceau,

père jésuite aussi aimable qu'érudit ; comme
auteur il a produit beaucoup, et dans plusieurs
genres, il est né en 1670, mort en 1730.

LA TREILLE
DE SINCÉRITÉ.

CHANSON BACHIQUE.

Nous n'avons plus cette merveille,
Ce phénomène regretté,
La treille
De sincérité.   (*bis.*)

Cette treille miraculeuse,
Dont la vertu tient du roman,
Passa longtemps pour fabuleuse
Chez le Gascon, chez le Normand ;   (*bis.*)
Mais des garants très authentiques
Ont lu dans un savant bouquin,
Que son raisin le plus antique
Existait sous le roi Pépin...

Nous n'avons, etc.

Un docteur qui faisait parade
De son infaillibilité,
Allant visiter un malade,
Vit le raisin et fut tenté.

Puis, de son homme ouvrant la porte,
Et le trouvant sans poulx ni voix :
« C'est, dit-il, (le diable m'emporte);
Le trentième depuis un mois. »

    Nous n'avons, etc.

Un auteur sous son frais ombrage,
Lisant un poëme fort beau,
A chaque feuille de l'ouvrage
L'humectait d'un raisin nouveau.
« Ça, lui dit-on, un tel poëme
Vous a coûté six mois et plus.
Non, reprit-il, à l'instant même...
Il m'a coûté cinquante écus. »

    Nous n'avons, etc.

Sous la treille un petit Pompée
Criait aux badauds étonnés :
« Dans ma vie, ah ! quels coups d'épée,
Quels coups de sabre j'ai donnés !
Quels coups de fusil ! quels coups... » zeste
Il mord la grappe là-dessus,
Et poursuit d'un air plus modeste :
« Quels coups de bâton j'ai reçus ! »

    Nous n'avons, etc.

Au moment de donner la vie
A l'héritier de son époux,
Une jeune femme eut envie
De ce raisin si beau, si doux !...

Et le pauvre homme ayant pour elle
Cueilli le fruit qu'elle happa :
« Que mon cousin, lui dit la belle,
Sera content d'être papa ! »

    Nous n'avons, etc.

Mais, hélas ! par l'ordre du prince,
Ce raisin justement vanté,
Un jour du fond de sa province
Près du trône fut transplanté.
Pauvre treille, autrefois si belle,
Que venais-tu faire à la cour ?
L'air en fut si malsain pour elle
Qu'elle y mourut le premier jour.

Nous n'avons plus cette merveille,
    Ce phénomène regretté,
        La treille
      De sincérité.
        La treille
      De sincérité.

Désaugiers.

LA
PETITE CENDRILLON

CHANSONNETTE.

Je suis modeste et soumise,
Le monde me voit fort peu,
Car, je suis toujours assise,
Dans un petit coin du feu.
Cette place n'est pas belle
Mais pour moi tout paraît bon
Voilà pourquoi l'on m'appelle,
  La petite Cendrillon. } *bis.*

Mes sœurs, du soin du ménage
Ne s'occupent pas du tout.
C'est moi qui fait tout l'ouvrage,
Et pourtant j'en viens à bout.
Attentive, obéissante,
Je sers toute la maison ;
Et je suis votre servante,
  La petite Cendrillon. } *bis.*

Quoique toujours je m'empresse,
Mon zèle est très mal payé ;
Et jamais on ne m'adresse
Un petit mot d'amitié,
Mais n'importe, on a beau faire,
Je me tais, et j'ai raison.
Dieu protégera, j'espère.
  La petite Cendrillon. } *bis.*

ÉTIENNE.

ROUEN.
LÉONARD FRANÇOIS, LIBRAIRE-ÉDITEUR,
Rue Impériale, 37.

Rouen. — Imp. H. BOISSEL, successeur de A. PERON.

1852.

L'HOMME
ACCOMMODANT.

CHANSON.

AIR : *Vive le rond.*

Faut-il boire, faut-il aimer,
A tout, de bon cœur, je me livre ;
Je me laisse aisément charmer ;
Tout vin, toute beauté m'enivre.
L'homme difficile est un sot !
Trouver tout bon, c'est le bon lot.

Le champagne est mon favori,
Sa mousse me plaît dans mon verre ;
Mais, au défaut de silleri,
Je bois volontiers du tonnerre.
L'homme difficile est un sot :
Trouver tout bon, c'est le bon lot.

Voulez-vous boire à petits coups ?
Eh bien ! soyons longtemps à table ;
Boire à grands coups vous semble doux ?
Versez-m'en dix et je les sable.
L'homme difficile est un sot :
Trouver tout bon c'est le bon lot.

J'ai la même félicité
Dans tous les plaisirs de la vie,
Je prends ce qui m'est présénté ;
C'est Chloé, si ce n'est Sylvie.
L'homme difficile est un sot :
Trouver tout bon, c'est le bon lot.

Veut-on jouer ? nommez le jeu :
Tric-trac, échecs, piquet, quadrilles ?
Le choix m'en importe fort peu ;
L'on me ferait jouer aux quilles.
L'homme difficile est un sot :
Trouver tout bon, c'est le bon lot.

Voulez-vous railler, disputer ?
—Vous pouvez choisir la matière ;
Dieux et rois sont à respecter,
Liberté sur le reste entière.
L'homme difficile est un sot :
Trouver tout bon, c'est le bon lot.

J'ai peu de bien, j'en suis content ;
A moins je prendrai patience :
S'il m'en venait trois fois autant,
Je me ferais à l'abondance.
L'homme difficile est un sot :
Trouver tout bon, c'est le bon lot.

Dans un seul cas il est permis
De se rendre plus difficile :
C'est dans le choix de ses amis ;
Mais ce choix fait, soyez facile.
L'homme difficile est un sot :
Trouver tout bon, c'est le bon lot.

GRÉCOURT, né en 1684, mort en 17

NOUS N'IRONS
PLUS AU BOIS.

RONDE ENFANTINE.

Nous n'irons plus au bois, les lauriers sont coupés.
La belle que voilà, la lairons-nous danser,
La lairons-nous danser ?...
Entrez dans la danse,
Voyez comme on danse ;
Sautez, dansez, embrassez
Celle que vous aimez.

La belle que voilà, la lairons-nous danser ?
Mais les lauriers du bois, les lairons-nous faner,
Les lairons-nous faner ?
Entrez dans la danse, etc.

Mais les lauriers du bois, les lairons-nous faner ?
Non, chacune à son tour ira les ramasser,
Ira les ramasser,
Entrez dans la danse, etc.

Non, chacune à son tour ira les ramasser,
Si la cigale y dort, ne faut pas la blesser,
Ne faut pas la blesser.
Entrez dans la danse, etc.

Si la cigale y dort, ne faut pas la blesser.
Le chant du rossignol la viendra réveiller,
La viendra réveiller.
Entrez dans la danse, etc.

Le chant du rossignol la viendra réveiller,
Et aussi la fauvette avec son doux gosier,
Avec son doux gosier.
Entrez dans la danse, etc.

Et aussi la fauvette avec son doux gosier.
Et Jeanne la bergère avec son blanc panier,
Avec son blanc panier.
Entrez dans la danse, etc.

Et Jeanne la bergère avec son blanc panier,
Allant cueillir la fraise et la fleur d'églantier,
Et la fleur d'églantier.
Entrez dans la salle, etc.

Allant cueillir la fraise et la fleur d'églantier.
Cigale, ma cigale, allons, il faut chanter,
Allons, il faut chanter.
Entrez dans la danse, etc.

Cigale, ma cigale, allons, il faut chanter,
Car les lauriers du bois sont déjà repoussés,
Sont déjà repoussés.
Entrez dans la danse,
Voyez comme on danse ;
Sautez, dansez, embrassez
Celle que vous aimez.

IL
FAUT BOIRE.

CHANSON.

Paroles de **BRAZIER.**

Air : *Ma tante Turlurette.*

Il faut rire à tout moment,
Désaugiers l'a dit gaîment ;
Mais pour rire il est notoire,
    Qu'il faut boire,   *(bis)*
  Boire et toujours boire.

J'aime bien à rimer, mais,
Toutes les fois que je mets
Ma plume dans l'écritoire,
    Il faut boire,   *(bis.)*
  Boire et toujours boire.

Dès l'instant que nous naissons,
Vous savez que nous pressons
Un vase blanc comme ivoire ;
    Il faut boire,   *(bis.)*
  Boire et toujours boire.

Si Gros-Pierre est mon ami,
C'est qu'en arrivant chez lui.
Il dit, en ouvrant l'armoire :
    Il faut boire,   *(bis.)*
  Boire et toujours boire.

Quand d'innocentes beautés,
Par pudeur nous ont quittés,
Pour en perdre la mémoire,
    Il faut boire,   *(bis.)*
  Boire et toujours boire.

Je suis gai, quand on me sert
Une poire à mon dessert ;
Car, je sais qu'avec la poire,
    Il faut boire,   *(bis.)*
  Boire et toujours boire.

LE DÉPART
DU GRENADIER.

Guernadier, que tu m'affliges
En m'apprenant ton départ,
Va dire à ton capitaine
Qu'il te laisse en nos cantons,
Que j'en serai bien aise,
        Contente, ravie,
De t'y voir en garnison.

Ma Fanchon, sois en bien sûre,
Je ne t'oublierai jamais ;
C'est ton amant qui te l'jure,
Et crois bien qu'il n'aura pas
Le cœur assez coupable,
        Perfide, barbare,
D'oublier tous tes attraits.

Guernadier, puisque tu quittes
Ta Fanchon, ta bonne amie ;
Tiens, voilà quatre chemises,
Cinq mouchoirs, une pair' de bas.
Sois-moi toujours fidèle,
        Constant, sincère,
Je ne t'oublierai jamais.

LE RETOUR
DU GUERNADIER.

CHANSON.

Air : *Guernadier que tu m'affliges.*

Ma Fanchon, essui' tes larmes !
Je reviens te consoler ;
J'ai gagné beaucoup de gloire
Et je n'ai perdu qu'un œil ;
   Mais l'autre suffit ma belle,
   Pour voir tes grâces,
Et tes attraits si soignés.

—Guernadier, je suis sensible
À ta rare honnêteté ;
On dit que l'amour est aveugle,
Tu seras mieux que l'amour,
   Aussi ça me rassure
   Et je pense d'avance,
Qu' ton cœur est au grand complet.

— Ma Fanchon, voilà ton linge ;
Il est tant soit peu usé ;
Il m'a fait un fier usage :
Aussi, j' disais en l' mettant :
   Oui, pour ma bonne amie,
   Dur'ra ma flamme,
Plus que ses chémis's et ses bas.

UN JEUNE TROUBADOUR

ROMANCE.

Paroles et musique DALVIMARE.

Air : *Au bord d'un clair ruisseau.*
Ou : *Avant l'aube du jour.*

Un jeune troubadour,
Qui chante et fait la guerre,
Revenait chez son père,
Rêvant à son amour.
Gages de sa valeur,
Suspendus en écharpe,
Son épée et sa harpe
Se croisaient sur son cœur.

Il rencontre en chemin
Pélerine jolie
Qui voyage et qui prie,
Un rosaire à la main.
Collerette à longs plis
Voile sa fine taille,
Et grand chapeau de paille
Ombre son teint de lis.

« O gentil troubadour,
Si tu reviens fidèle,
Chante un couplet pour celle
Qui bénit ton retour. »
— Pardonne à mon refus,
Pélerine jolie,
Sans avoir vu ma mie,
Je ne chanterai plus.

— Ne la revois-tu pas,
O troubadour fidèle ?
Regarde bien, c'est elle,
Ouvre lui donc tes bras,
Priant pour notre amour
J'allais en pélerine,
A la vierge divine
Demander ton retour.

Près de ces deux amants
S'élève une chapelle...
L'ermite qu'on appelle
Bénit leurs doux serments.
Allez en ce saint lieu,
Amants du voisinage,
Faire un pélerinage
A la mère de Dieu.

(Clef du Caveau 586).

FEMME SENSIBLE ENTENDS-TU LE RAMAGE.

Romance d'ARIODAND, musique de MÉHUL.

Femme sensible, entends-tu le ramage
De ces oiseaux qui célèbrent leurs feux ?
Ils font redire à l'écho du rivage :
« Le printemps fuit, hâtons-nous d'être heureux. »

Vois-tu ces fleurs, ces fleurs qu'un doux zéphire
Va caressant de son souffle amoureux ;
En se fanant, elles semblent te dire :
« L'hiver accourt, hâtez-vous d'être heureux. »

Moment charmant, d'amour et de tendresse,
Comme un éclair vous fuyez à nos yeux ;
Et tous les jours perdus dans la tristesse,
Nous sont comptés comme des jours heureux.

HOFFMANN.

SUZON

SORTAIT DE SON VILLAGE.

ROMANCE.

Musique de DALÉYRAC.

Air : *De Marianne.* Opéra comique. (*Clef du Caveau* 550).

Suzon sortait de son village,
On lui trouvait quelques appas ;
Ell' n'avait pas d'biens en partage
Mais un bon cœur et de bons bras.
Travaillez-donc,
Mamz'elle Suzon,
Travaillez-donc, jeune et pauvre fillette ;
Croyez-moi donc,
Travaillez-donc,
Travaillez-donc, jeune et pauvre Suzon.

Écoutez c'te voix qui répète,
Que l'argent ne donn' pas l'bonheur;
Et lorsqu'on a la paix du cœur,
Notre fortune est faite.   (*ter*.)

Bientôt un amant se présente,
Il était riche et jeune encore :
Le fripon d'un' voix séduisante,
Offre son cœur et beaucoup d'or.

Méfiez-vous donc,
D'un pareil don,
Méfiez-vous donc, jeune et pauvre fillette ;
Croyez-moi donc,
Travaillez-donc ;
Travaillez-donc, jeune et pauvre Suzon.

Ecoutez c'te voix, etc.

Il ne parlait point d'mariage,
Il fallut le laisser partir ;
S'il est pénible d'être sage,
Il l'est bien plus de se repentir.

Continuez-donc,
Profitez-donc.
Continuez-donc, jeune et pauvre fillette ;
Croyez-moi donc,
Travaillez-donc.

Travaillez-donc, jeune et pauvre Suzon.
Ecoutez c'te voix qui répète,
Que l'argent ne d'onn' pas l'bonheur ;
Et lorsqu'on a la paix du cœur,
Notre fortune est faite !   *(ter.)*

MARSOLLIER.

LA ROSE.

ROMANCE.

Paroles de **GENTIL-BERNARD**, musique de **LABORDE**.

AIR : *On dit que je suis sans malice.*
Ou *Le ciel est noir l'orage gronde.*

Tendre fruit des pleurs de l'aurore,
Objet des baisers du zéphir,
Reine de l'empire de Flore.
Hâte-toi de t'épanouir.
Que dis-je, hélas ! diffère encore,
Diffère un moment à l'ouvrir ;
Le jour qui doit te faire éclore
Est celui qui doit te flétrir.

Palmyre est une fleur nouvelle
Qui doit subir la même loi ;
Rose tu dois briller comme elle,
Elle doit passer comme toi.
Descends de ta tige épineuse,
Viens la parer de tes couleurs ;
Tu dois être la plus heureuse,
Comme la plus belle des fleurs.

Va, meurs sur le sein de Palmyre,
Qu'il soit ton trône et ton tombeau ;
Jaloux de ton sort, je n'aspire
Qu'au bonheur d'un trépas si beau :
Qu'enfin elle rende les armes
Au Dieu qui forma nos liens
Et qu'en voyant périr tes charmes,
Elle apprenne à jouir des siens.

ROUEN.
LÉONARD FRANÇOIS, LIBRAIRE-ÉDITEUR ;
Rue Impériale, 37.

Rouen. — Imp. H. BOISSEL, successeur de A. PÉRON.

MAIS JE N'OSE PAS

NON

JE N'OSE PAS VOUS LE DIRE.

Air : *des Coquilles.*

Je voudrais bien vous raconter
Les maux d'une jeune fillette :
Qui de vous pourra m'écouter
Sans plaindre un peu cette pauvrette ?
Jeune, tendre, avec des appas,
   Elle gémit, elle soupire ;
Sachez donc... mais je n'ose pas,
Non, je n'ose pas vous le dire.

Elle aimait un jeune garçon,
Jeune garçon du voisinage :
Il aimait tendrement Lison ;
C'étaient bien plaisirs de leur âge.

Ce berger s'appelait Lucas :
Voulant abréger son martyre,
Il lui fit... mais je n'ose pas,
Non, je n'ose pas vous le dire.

Il lui fit l'aveu d'un amour
Qu'il jurait être bien sincère,
Lison lui promit à son tour
Qu'elle ne serait point légère.
« Bergère, lui dit-il, tout bas,
« Si tu ne veux qu'ici j'expire,
« Donne moi... mais je n'ose pas,
« Non, je n'ose pas vous le dire.

« Donne-moi ce ruban heureux
« Qui serre ton joli corsage ;
« Donne-moi de tes beaux cheveux ;
« Donne si tu peux davantage. »
Tant donna la belle à Lucas
Qu'il fut forcé de se dédire.
Voilà pourquoi je n'osais pas,
Non, je n'osais pas vous le dire.

MARSOLLIER.

TONTAINE TON TON.

CHANSON DE CHASSE.

Paroles de DU MERSAN.

Mes amis, partons pour la chasse,
Du cor, j'entends le joyeux son,
    Ton ton, ton ton,
    Tontaine, ton ton,
Jamais ce plaisir ne nous lasse,
Il est bon en toute saison,
    Ton, ton,
    Tontaine, ton ton.

A sa manière chacun chasse,
Et le jeune homme et le barbon,
    Ton ton, ton ton,
    Tontaine, ton ton,
Mais le vieux chasse la bécasse,
Et le jeune, gibier mignon,
    Ton ton, — Tontaine, ton, ton.

Pour suivre le chevreuil qui passe,
Il parcourt les bois, les vallons,
    Ton ton, ton ton,
    Tontaine, ton ton,
Et jamais, en suivant sa trace,
Il ne trouve le chemin long,
    Ton ton, — Tontaine, ton ton.

A l'affût, le chasseur se place,
Guettant le lièvre et l'oisillon,
    Ton ton, ton ton,
    Tontaine, ton ton,
Mais si jeune fillette passe,
Il la prend ; pour lui tout est bon,
    Ton ton, — Tontaine, ton ton.

Le vrai chasseur est plein d'audace :
Il est gai, joyeux et luron,
    Ton ton, ton ton,
    Tontaine, ton ton,
Mais quelque fanfare qu'il fasse,
Le chasseur n'est pas fanfaron,
    Ton ton, — Tontaine, ton ton.

Quand un bois de cerf l'embarrasse,
Chez sa voisine, sans façon,
    Ton ton, ton ton,
    Tontaine, ton ton,
Bien discrètement il le place
Sur la tête d'un compagnon,
    Ton ton, — Tontaine, ton ton.

Quand on a terminé la chasse,
Le chasseur se rend au grand rond,
    Ton ton, ton ton,
    Tontaine, ton ton,
Et chacun boit à pleine tasse,
Au grand saint Hubert, son patron,
    Ton ton, — Tontaine, ton ton.

LA TABLE.

Air : *Je ne veux la mort de personne.*

En vrai gourmand, je ne veux ici
Chanter ce meuble nécessaire
Dont tous les mois l'attrait chéri
Double les nœuds et les resserre ;
Oui, quels que soient les traits mordants
Dont la critique nous accable,
Au risque de ses coups de dents,
Je vais m'étendre sur la table.

Comment refuser son tribut
A cette mère universelle ?
Sans la table point de salut,
Et nous n'existons que par elle :
L'alcove où l'homme s'amollit
Lui peut-elle être comparable ?
Les pauvres mourants sont au lit,
Les bons vivants ne sont qu'à table.

Quel doux spectacle, quel plaisir
De voir ces sauces parfumées,
Dont toujours, prompt à les saisir,
L'odorat pompe les fumées !
On rit, on chante, on mange, on boit...
De bonheur source intarissable !
Le cœur pourrait-il rester froid,
Quand on voit tout fumer à table !

Deux rivaux entendent sonner
L'instant qui menace leur vie,
A faire un dernier déjeuner,
Un témoin sage les convie ;
Dans le vin tous deux par degrés,
Eteignent leur haine implacable :
Ils seraient peut-être enterrés,
S'ils ne s'étaient pas mis à table.

Le gros Raymond voit chaque jour
Cent wiskys assiéger sa porte :
Il reçoit la ville et la cour ;
La renommée aux cieux le porte.
« Il a donc de rares vertus ?
— Non. — A-t-il un rang remarquable,
Des talents, de l'esprit ? — Pas plus.
— Qu'a-t-il donc ? — Il a bonne table. »

Grands yeux bien noirs et bien piquants,
Oreille ou poitrine rôtie,
Petite bouche, belles dents,
Cervelle grasse et bien farcie,
Taille légère, bons gigots.
Sein de lys, langue délectable,
Jambe mignonne, pieds de veaux,
Voilà ma maîtresse et ma table.

A table, on compose, on écrit ;
A table, une affaire s'engage !
A table, on joue, on gagne, on rit ;
A table, on fait un mariage ;
A table, on discute, on résout ;
A table, on aime, on est aimable.
Puis qu'à table on peut faire tout,
Vivons donc sans quitter la table.

AIMER ET BOIRE.

CHANSON.

Air : *Versez-donc, mes amis, versez.*

Loin de nous ennuyeux souci ;
Porte ailleurs ton visage blême ;
L'amour veut que l'on boive ici,
Et Bacchus ordonne qu'on aime.

Aimons et buvous tour à tour,
Pour plaire à Bacchus, à l'amour.

Le nectar que l'on verse aux dieux
Le cède à ce jus délectable ;
Et Vénus, la beauté des cieux,
Près d'Iris ne paraît qu'aimable.

    Aimons, etc.

Les dieux font leur félicité
Du nectar et de la tendresse ;
Suivons-les dans leur volupté,
Et laissons gronder la sagesse.

    Aimons, etc.

S'il fallait passer dans les cieux
Un jour sans aimer et sans boire,
Malgré l'encens, bientôt les dieux
S'ennuiraient de leur propre gloire.
Sans Bacchus et sans les amours
Nul ne peut avoir de beaux jours.

Attribuée à BERNARD.

LE CABARET.

Air connu.

A boire je passe ma vie,
Toujours dispos, toujours content,
La bouteille est ma bonne amie,
Et je suis un amant constant.
Au cabaret j'attends l'aurore ;
Du vin, tel est l'heureux effet,
La nuit souvent me trouve encore,
Me trouve encore au cabaret.

Si, frappé de quelques alarmes,
Mon cœur éprouve du chagrin,
Soudain on voit couler mes larmes,
Mais ce sont des larmes de vin.
Je bois, je bois, à longue haleine ,
Du vin tel est l'heureux effet,
Le malheureux n'a plus de peine,
N'a plus de peine au cabaret.

Si j'étais maître de la terre,
Tout homme serait vigneron :
Au dieu d'amour toujours sincère,
Bacchus serait mon Cupidon.
Je ne quitterais plus sa mère,
Car de la cour, un juste arrêt
Ferait du temple de Cythère,
Oui, de Cythère, un cabaret.

Auteurs, qui courez vers la gloire,
Bien boire est le premier talent ;
Bacchus, au temple de mémoire
Obtient toujours le premier rang.
Un tonneau, voilà mon Pégase,
Ma lyre, un large robinet,
Et je trouve le mont Parnasse,
Le mont Parnasse au cabaret.

J. J. Lucet.

QUE N'AI-JE
EN TE PERDANT

PERDU LE SOUVENIR.

ROMANCE.

Auprès de mon amie
Je coulais de beaux jours ;
D'une si douce vie
J'ai vu finir le cours.
Félicité passée,
Qui ne peut revenir ;
Tourment de ma pensée !
Que n'ai-je en te perdant, perdu le souvenir.

On peut être aussi belle
On peut autant charmer ;
Mais qui peut autant qu'elle,
Qui peut jamais aimer.
  Félicité, etc.

Souvent de cette eau pure
Nous suivions les détours ;
Quand j'entends son murmure
Je songe à mes amours,
  Félicité, etc.

Voyez dans ces asiles
Nos chiffres enlacés !
Dans des jours plus tranquilles
Ma main les a tracés,
  Félicité, etc.

Souvent j'allais l'attendre
Sous ses ormes touffus ;
Elle venait s'y rendre :
Cet heureux temps n'est plus !

    Félicité, etc.

Ce même air que je chante,
Que je chante en pleurant,
Avec ma jeune amante
Je l'ai chanté souvent.

    Félicité, etc.

Combien de fois l'aurore
Fut témoin de nos jeux !
Combien de fois encore
Le soir nous vit heureux !

    Félicité, etc.

Elle cessa de vivre
Quand on nous sépara :
Mon cœur devait la suivre,
Rien ne me la rendra.

    Félicité, etc.

Lyre tendre et plaintive,
Tes airs sont superflus !
Sur l'infernale rive,
Eglé ne l'entend plus.
Félicité passée,
Qui ne peut revenir,
Tourment de ma pensée !
Que n'ai-je en te perdant, perdu le souvenir,

LÉONARD ,
né à la Guadeloupe en 1774 , mort
à Paris le 26 janvier 1793.

(Clef du Caveau 45.)

TABLE

En Vente chez le même Éditeur :

L'Album des Chanteurs, 40 cahiers sont parus. — Les Succès Rouennais, 10 cahiers sont parus. — La Lyre Rouennaise, musique petit format, net, 30 c., 20 livraisons sont parues, etc. — Une collection de 50,000 Morceaux de chant, Romances, Chansonnettes avec ou sans parlé, Airs d'opéras anciens et modernes, soit en cahier de chanson ou en musique petit format, ainsi que tous les Articles qui sont du domaine de la librairie.

ROUEN.
LÉONARD FRANÇOIS, LIBRAIRE-ÉDITEUR,
Rue Impériale, 37.

Rouen. — Imp. H. BOISSEL, successeur de A. PERON.

9 782014 075403